AVANT LE MATIN

Romancier, essayiste et poète, Jacques Chessex est né en 1934 dans le canton de Vaud, en Suisse. En 1973, il a obtenu le prix Goncourt pour *L'Ogre* et, en 2007, le Grand Prix Jean Giono pour l'ensemble de son œuvre. Jacques Chessex est décédé le 9 octobre 2009.

Paru dans Le Livre de Poche :

L'ÉCONOMIE DU CIEL

L'ÉTERNEL SENTIT UNE ODEUR AGRÉABLE

MONSIEUR

SOSIE D'UN SAINT

LES TÊTES

LE VAMPIRE DE ROPRAZ

JACQUES CHESSEX

Avant le matin

ROMAN

GRASSET

ISBN : 978-2-253-11961-6 – 1re publication LGF

A Christophe Bataille

Dieu garde les os
de ses serviteurs.

LA VIE DE RANCÉ

PREMIÈRE PARTIE

I

Je raconte la vérité sur une vie sainte. Je le fais sans obligation ni prudence, dans le souci de rendre justice à une femme de Dieu, et d'édifier quelques âmes en montrant qu'en ce monde existent un grand nombre d'obstacles au rayonnement de la Perfection. Mais d'abord, dans le vieux canton de Fribourg, que je dise où j'ai connu l'élue.

Sur la colline une maison grande, aérée, de loin on penserait à une ancienne bergerie. Si l'on approche on voit qu'elle a été construite sur le mode des fermes du pays, mais allégée des communs, qui collent ces constructions dans la terre. Car, au contraire des habitations agricoles qui s'alourdissent et s'enferment, la maison sur la colline respire l'air, le vent, les variations du ciel, peu d'arbres la fixent ou la protègent, un bouquet de pins, derrière le long toit presque plat, et une haie de sorbiers sur le flanc, où rougissent des grappes à l'automne et crient des couples de pies.

Tout autour de la maison le paysage est creusé par l'air qui bouge sur ces hauteurs. Une rumeur de vent frotté à la pierre, à l'herbe, aux forêts accrochées aux revers des collines avoisinantes et de la crête. L'air monte, circule, redescend, tournoie, plonge aux vallées qui se ramifient vers la plaine, puis le vent se redresse, revient, creuse ses sillages dans le sol ras.

Un passage conduit au sommet, route ou chemin selon le terrain, nous sommes peu nombreux à l'avoir emprunté ces derniers temps. Qu'est-ce qui pèse dans ma mémoire quand je parle de ce chemin, et de ce sommet, et de cette maison sous le vent ? Sans doute la tristesse du jamais plus. Le remords peut-être aussi d'avoir laissé cette histoire se refermer sur sa mauvaise chance. Et quelle mauvaise chance ? Le secret demeure. C'est pourquoi je vais et viens autour de mon témoignage, de son unique personnage, avec une inquiétude que mes amis prennent pour de la dévotion. Ils rient de mes randonnées à la Colline, trop brefs allers et retours selon moi, ils parlent maintenant de pèlerinage à un lieu vide et font des gorges chaudes de ces visites qui ne se raréfient pas, je dois en convenir, j'ai gagné plus de dix fois la petite montagne depuis le début de l'année et nous ne sommes qu'en mai. Si je compte bien, cela fait au moins deux fois par mois. J'y suis grimpé déjà en janvier et février, le temps était difficile, neige et glace, route gelée ou défoncée, même avec des pneus d'hiver l'aventure n'était pas simple. Le 14 janvier... L'abbesse était morte depuis trois mois. Je me souviens de ces événements avec précision. La cérémonie avait eu lieu dans la petite chapelle de Berlens, aucune famille proche, le prêtre gêné, un représentant de l'Evêché hébété d'avoir à nous certifier qu'il n'enquêtait pas. Moi je me moquais de ces sottises, c'était la messe de la sainte, je l'avais voulue telle et nous prenions congé de son âme tandis que son corps retournait en terre. Mais congé ? Est-ce si sûr ?

« Et d'abord de quoi est-elle morte ? » demandait un parent lointain, après la cérémonie, lors de la collation qui avait réuni l'assistance dans une salle un peu à part de l'unique café du village. « Est-ce qu'on sait au moins de quoi elle vivait ? Et qui l'approvisionnait ? » J'aurais pu faire remarquer qu'en fait d'approvisionnement, si je ne m'en étais pas mêlé, et malgré ses refus répétés de s'alimenter et de se soigner, la sainte femme que nous pleurions serait morte depuis belle lurette. Allons. Débarrassons-nous de ces imbéciles et vivons avec Canisia le temps qui nous reste : celui qu'elle aurait voulu vivre avec nous jusqu'à notre propre départ de ce monde. Enfin nous... Et ce départ... La sainte avec qui je vis m'a allégé depuis longtemps de ces scrupules. Il s'agit de moi, Canisia, de toi et de moi, tu le sais comme je le sais, et je me tiens provisoirement sur cette terre dans le secret de ta gloire et de ton assomption en moi.

On s'étonnera qu'un profane prétende écrire l'histoire d'une femme qui vécut totalement en Dieu, parce qu'il eut la grâce de l'approcher pour la transfiguration de sa propre vie. Moi qui n'ai pas de nom, ou à peine, je m'appelais Joseph d'Avry au temps où j'habitais parmi les vivants mais personne ne s'en souvient, je suis mort depuis longtemps au monde vain. Mais qui suis-je pour oser parler de ma personne en face de la pure Beauté ? Médiocre professeur chassé de l'enseignement officiel, archiviste congédié puis journaliste sans travail, hagiographe sans cause canoniquement établie par le Vatican, pour dire la pure Transparence en ce monde ! Je le fais pourtant, dans la confiance que Dieu et la sainte abbesse Canisia sauront reconnaître l'un des leurs lorsque le jour sera venu.

II

Aloysia Pia Canisia Piller était née le 16 août 1940 dans une ruelle de la Basse Ville, à Fribourg, dans une famille de six enfants, d'un père manœuvre, alcoolique, et d'une mère couturière à domicile, occasionnellement prostituée. Le père est mobilisé dès fin 40 pour quatre ans, à cette époque il n'y a aucune assistance de l'armée aux familles des soldats privés de leurs ressources. Père mort de cirrhose, peut-être aussi de tuberculose, en 1945. Mère incapable d'élever ses sept enfants. A cinq ans Aloysia est confiée aux sœurs de l'Orphelinat, fugues, école primaire rudimentaire, à seize ans déclare vouloir entrer comme novice au couvent de la Maigrauge. Les autorités ecclésiastiques donnent leur approbation. Noviciat, vœux, confirmation des vœux, passe quinze ans à la Maigrauge, où elle a pris, avec le voile, l'unique nom de sœur Canisia, en l'honneur de son saint patron Pierre Canisius, fondateur de collèges jésuites, combattant de la Contre-Réforme et auteur du Catéchisme qui porte son nom. Canonisé par Pie XI en 1925. On fête saint Canisius le 21 décembre, je ne manque jamais ce jour-là d'aller voir son portrait au Collège Saint-Michel, à Fribourg, le saint très âgé me regarde avec bonté et suspend un instant l'exercice de la discipline qu'il s'imposait à mon arrivée. Mais il tient toujours le fouet dressé en l'air, brandi, prêt à s'abattre sur son frêle cou. Le fouet noir à nœuds coupants qui le rappelle au combat.

Les quinze ans de sœur Canisia à la

Maigrauge n'ont ni relief ni d'autre histoire que son obéissance la plus stricte à la règle de son ordre et de son couvent. Pourquoi le quitte-t-elle, ce couvent, en août 1970 ? Elle ne l'a jamais évoqué devant moi, n'en a parlé à personne de sa connaissance. Inutile aussi que j'aille m'informer auprès de l'actuelle mère supérieure : les archives d'une telle maison restent interdites au profane et plus vraisemblablement celles de la sœur Canisia Piller, qui renia son vœu de cistercienne, sont-elles allées aux archives clôturées de l'Ordre.

A sa sortie du couvent sœur Canisia a trente ans. Est-elle libre pour autant ? Dans le monde elle n'a exercé aucun métier. Au couvent elle a appris la reliure. Elle travaille un temps dans la boutique d'un relieur de la rue de Romont, la quitte sans motif, loue un galetas à la Gare, ne s'alimente plus, hante les dispensaires, les églises, le plus souvent celle des Cordeliers, au pied de la Cathédrale, où elle passe de longues heures en prière avant de disparaître à nouveau. On la retrouve en 1975 dans la maison de la colline, qu'un couple de bergers âgés vient de quitter. Comment a-t-elle atterri là, par quels chemins, quelles entremises, elle ne l'a pas dit. Ce qui est sûr, dès son installation là-haut, un nombre de choses étonnantes, pour ne pas dire plus, commencent à se manifester et à occuper la rumeur.

On l'interrogera par la suite sur les guérisons, les conseils, l'accueil, les conversions dont elle est prodigue ou qu'elle favorise, en souriant elle répond : « C'est Dieu. » Des journalistes montent à la Colline, comme on s'est mis à nommer ce saint lieu, puis toutes sortes de thaumaturges, des vrais médecins, des scientifiques, des émissaires de l'Evêché, plus tard des théologiens qu'envoie Rome, ou Louvain, toujours est faite la même réponse et l'enquête bute à l'évidence. On ne sait pas. On ne comprend pas. Il y a chez Aloysia Pia Canisia, dite l'abbesse de la Colline, dite la sainte du même lieu, une étrange *simplicité* qui déroute et envoûte l'approche.

III

Qui suis-je, pour prétendre que j'ai rencontré cette femme, et que d'elle j'ai reçu tout ce que l'amour humain peut réunir d'intense, de tendre, de voluptueux sursaut de la terre et du ciel dans un être ?

La première fois j'étais monté à la Colline une fin d'après-midi d'avril 1980, avec des amis du Secours catholique qui venaient demander à Canisia son patronage pour leur kermesse de printemps. Dans la voiture qui nous emmenait, je les écoutais raconter les dons de la sainte femme et je m'étonnais de leur naïveté.

Il devait être cinq heures du soir, le

soleil s'accrochait aux pentes herbeuses et au feuillage des bouleaux qui étincelaient parmi la roideur des sapins. Une paix s'instillait dans mes veines tandis que j'écoutais les propos de mes camarades qui continuaient à vanter la sainte. Le trajet est assez long de Fribourg à ce premier contrefort des montagnes. Il faisait presque nuit quand nous arrivâmes à destination. La demeure était éclairée sur sa crête, nous fîmes assez de bruit en descendant de la voiture pour que la femme apparût sur son seuil et que cette image ne me quittât plus depuis qu'elle m'a atteint à cet instant de grâce. Naïf ! Cent fois naïf moi-même d'être aussi sot à m'émouvoir que le plus crédule des paroissiens de tous les villages alentour. Mais que me fait cette accusation de naïveté si j'ai pu recevoir, cette minute-là, le choc que toute ma vie déjà longue j'attendais de la beauté sur la terre ?

IV

Aloysia Pia Canisia Piller était sortie sur le seuil et je gravissais les dernières marches de l'entrée, derrière mes camarades du Secours, dans un état de ravissement que je n'avais pas connu depuis l'enfance, lorsque je me retenais de respirer jusqu'à mourir d'étouffement uniquement pour intéresser Dieu. Atteignant les dernières marches de la Colline je ressentais la même ivresse, la même légèreté que dans ces moments puérils. Déjà je savais qu'Aloysia Pia Canisia m'avait vu et que par son regard je voyais le monde, je reconnaissais l'être corporel que j'étais, je reprenais souffle et fraîcheur comme dans mes vieux exercices de concentration avcc Dieu. Il n'y a rien de ridicule à s'avouer traversé par le regard d'une sainte. Nous étions entrés dans la maison, nous nous tenions devant elle dans une grande pièce sans meubles hormis quelques sièges au pied d'une sorte d'autel, nous assis et elle debout, écoutant la requête de mes amis, nous observant l'un après l'autre, le visage calme, les yeux clairs. Et les cheveux ? me dis-je aujourd'hui. Gris, les cheveux. Gris et courts. Le cou rond. Les seins ronds aussi, curieux ornement pour une sainte, la robe de toile est souple aux hanches que l'on voit fines, déliées, sur un bassin bien dessiné et des jambes lisses qui brillent. En ce temps-là Aloysia Pia Canisia Piller avait quarante ans et je ressentais sa nudité sous son vêtement rudimentaire comme un appel irrépressible de douceur tendre et de plaisir. Fort aussi, ce beau corps, me dis-je aujourd'hui, pour avoir subi les privations et l'ascèse. Mais sur l'heure je ne pensais ni aux jeûnes ni aux prières, j'éprouvais comme on a le vertige le puissant attrait qui m'aimantait vers ce corps et ce visage.

J'ai constaté dans mainte autre circonstance que je n'avais aucune arme contre une telle attraction. Là, dans cette pièce sobre, en présence de Canisia qui nous regardait l'un après l'autre, il s'agissait de tout autre chose et je le sus aussitôt : il y avait dans cette femme un miracle, sans accident ni théâtre, comme l'effet d'un feu du dedans, d'un feu enfoui, sa lueur éclaire en surface avec des reflets, rappel des flammes profondes, longue brûlure contenue mais jamais cachée de la passion.

Aujourd'hui Canisia est morte, et il me semble que j'ai à me remémorer chaque détail de cette première rencontre pour mériter de parler d'elle. Ou que tout ce qui suivra pour nous, vous m'avez compris, je veux bien dire pour elle et pour moi, sera déjà contenu dans l'intensité de cette première heure à la Colline, une certaine fin de journée d'avril, il y a vingt-quatre ans : comme si j'avais à me préparer à célébrer cyniquement, et en public, le jubilé du quart de siècle de mes amours avec une sainte. Une sainte pour quelques-uns et pour moi, je dois l'admettre avec humeur, puisqu'il s'en faut d'abord de la béatification, et le processus n'est pas simple, étant donné ce que nous devrons révéler des détours très surprenants aux non-initiés, que put prendre la future Bienheureuse pour témoigner du Très Haut. Puis du procès en canonisation intenté par la Sacrée Congrégation des Rites, enquête diocésaine, rapport de la Congrégation quant à la *Positio super vita et virtutibus* et à la *Positio super miraculis*, enfin réquisitoire du promoteur de la foi, le bien nommé avocat du diable, devant les consulteurs de la Congrégation. Tout cela qui use des milliers de pages de rapports et d'heures d'audience épiscopale et romaine. J'aurai le temps d'être mort plusieurs fois avant de pouvoir témoigner des bienfaits dont j'ai été gratifié tout au long de ma fréquentation assidue de cet être d'élection.

Qui dira les chemins de la sainteté ? Chacun ressent au-dedans de lui-même qu'il n'est nul besoin de la Congrégation des Rites, rapports diocésains sur les actes et paroles de l'impétrant, encore moins des débats, témoignages, références canoniques, réquisitoires, plaidoyers et lenteurs d'un tribunal qui siège sans interruption depuis 1588, pour savoir et déclarer sainte telle personne qui nous a introduit à la vraie vie.

Canisia Piller était de ces personnes,

si je puis employer pour la désigner un mot qui convient à un homme ou à une femme à peine triés du lot commun. Ce qui est explicite chez les saints, et comme au-dessus du mystère qui les a fait atteindre au rayonnement de leur grâce, c'est qu'ils appartiennent au monde mortel, douloureux, menaçant, la vallée de larmes que dit la Bible, et qu'ils sont déjà de *l'ailleurs* où Dieu toujours illumine. Ils portent cette lumière en eux et sur leur visage. Et la joie qu'ils donnent, le plaisir, la certitude enfin du réel, se mesure par eux à l'urgence de l'infini dont parle chacun de leurs gestes.

V

J'étais retourné à la Colline le lendemain déjà de cette première rencontre, mais seul cette fois, ayant même oublié la requête de mes amis du Secours catholique. L'abbesse Canisia ne parut pas surprise de m'ouvrir, tout au contraire elle m'accueillit comme si nous avions rendez-vous et me fit entrer dans une autre pièce que celle où nous nous étions tenus la veille. Une chambre boisée qu'éclaire une bougie allumée dans un globe de verre ; au-dessus du globe, à la paroi, un crucifix au corps tordu et saignant, la proximité de la lumière permet de détailler les taches de sang au flanc maigre et au front couronné d'épines. Des livres s'entassent sur une petite table contre une paroi, à côté d'un lit plat sur lequel est tendue une couverture grossière.

Je me tiens un peu embarrassé dans la pénombre de ce lieu sévère, Canisia souriant en face de moi, qui suis toujours debout et la regarde avec convoitise.

— J'arrive les mains vides, dis-je maladroitement, j'étais soucieux de vous revoir.

— Je n'ai besoin de rien, dit Canisia. Rien de pratique. J'ai besoin de l'amour. Vous vous souvenez de sainte Thérèse ? L'amour mangeable et consommable au jour le jour. Seul aliment. Seul besoin.

Ce qui arrive maintenant à cette femme et à cet homme ne relève ni du secret ni de l'exceptionnel, rien de plus banal qu'une étreinte. L'étrange, c'est que cette femme est sainte et qu'elle se conduit comme une traînée. Et que cet homme croit s'élever en cédant au seul désir qu'il a d'elle. Sont-ils aimantés l'un par l'autre ou par une autre force que la viande ? La carne, la fibre, la viande facile et mortelle que les traductions de l'Ecriture nomment poliment la chair. *Mais à la fin tu n'es que viande...*

Je m'étais approché d'elle dans la pénombre de la pièce où tremble la flamme de l'unique lampe, tout à coup je pose ma tête sur son épaule et son extraordinaire vibration court dans mon corps.

Ce qui se passe ensuite est du désordre familier et de la stupeur. Je m'abstiendrai d'en raconter quoi que ce soit. L'odeur de l'autre, son souffle, sa sueur, son cri. Votre Canisia n'était donc pas la sainte que vous dites, mais une agitée et une pute ? Il y a chez certains êtres un pouvoir de dépassement de soi qui n'a plus rien à faire avec l'usage. L'abbesse Canisia savait qu'aucune règle de bienséance ne contient l'élan de l'être vers l'extase. Elle se donnait comme elle jeûnait, ou marchait pieds nus dans le gel, ou s'abstenait de sommeil une semaine entière pour approcher le vertige de Dieu. Allez expliquer cela à la Congrégation des Rites ! Dieu va venir. Christ revient. Le temps presse et ne compte pas. La morale dictée et enseignée, les lois apprises, les règles de votre société n'ont pas cours dans l'urgence divine.

VI

J'ai lu que de nombreuses saintes ont fait fi de leur pudeur pour la cause de Dieu. Sainte Geneviève retint les Huns qui déferlaient sur Paris en se laissant attraper et transpercer par les forcenés d'Attila. Pendant qu'elle saignait sous le sperme, les Parisiens s'armaient et préparaient leur défense. D'innombrables vierges se sacrifièrent à Notre Seigneur, livrant leur fente sans autre souci que leur vrai salut. Sainte Jeanne d'Arc était l'amie de Gilles de Rais, abuseur, assassin d'enfants, mort pieds nus en confessant ses très grandes fautes. Dieu sait reconnaître les siens. Aloysia Pia Canisia Piller mérite l'auréole, d'avoir donné sexe et salive en pleine transcendance divine. Avant le règne de la Colline, au temps où elle vagabondait à demi nue dans ses habits troués sous une pèlerine, elle repérait de pauvres hères dans les tavernes de la Basse Ville et se couchait sur eux dans leur soupente ou à l'asile pour hommes seuls, réchauffant leurs os, tétant leur sexe et leur bouche vineuse pour le baiser au lépreux, le baiser du Christ au malheureux sur son grabat ou dans sa fange ! Elle allait par tous les temps, rôdeuse apparemment ou folle, de sorties de prison en dispensaires, de soupes populaires en hospices, et nul taudis, galetas hanté de parias, bistrot de nuit ou rue à filles, n'étaient étrangers à son apparition silencieuse et bienfaisante. Les prostituées ne lui voulaient pas de mal, elle les débarrassait de clients sans le sou et inquiétants ; la police débonnaire laissait faire, elle apportait plutôt la paix que l'huile sur le feu, et l'Eglise s'en moquait. Une folle qui avait quitté le couvent ? Ni la première ni la dernière. On a vu des vœux reniés pour moins que ça.

— Elle ne crée pas de scandale mystique ? Ne prêche pas, ne harangue pas la foule ? — Elle parle de Dieu. Elle donne le baiser de Jésus-Christ. — Tout est bien. Surveillez qu'elle ne révèle rien de ce qu'elle a vécu claustrée. Pour le reste, Fribourg est toujours dans Rome comme Rome est dans Fribourg. *Missa est.*

C'est ainsi que sainte Canisia fut sainte en se livrant aux pauvres entre les pauvres. Saint Martin ne donna que la moitié de son manteau au mendiant qui crevait de froid sur sa route, sainte Geneviève, vierge perforée, survécut soixante ans à son martyre, sainte Thérèse de Lisieux mourut dans les bras de ses sœurs enfin convaincues de son odeur de rose céleste. L'abbesse Canisia quitta les bas-fonds de l'ombre et marcha le corps rayonnant et printanier jusqu'à la Colline de son règne. Ouvrez vos yeux, scribes de la Béatification ! Aérez vos esprits et vos oreilles, secrétaires de la Congrégation des Rites ! Le 14 octobre 2003 est morte une bienheureuse et une sainte dont l'âme n'attend qu'un geste de vous pour être rendue à l'ensemble de la chrétienté. Comme son corps fut donné en pâture à ceux que leur misère interdisait provisoirement de sainte viande.

VII

La Colline, soir de fin mai. Il fait frais, la fenêtre est ouverte sur l'air, l'odeur de pâturage et de forêt monte des pentes. Je suis assis auprès de l'abbesse Canisia, elle a posé sa main sur mon bras tandis que je la questionne.

— Et dans la rue, Madame l'abbesse ?

— Cela se passait dans la douceur. J'avais mes fidèles, mes habitués, comme les filles. Je savais toujours où les trouver, leurs heures de beuverie, leurs rôderies, les haltes où ils mouraient de désespoir d'être au monde. Ce n'étaient pas eux qui me cherchaient, c'est moi qui étais en quête de leur pauvre sort. J'avais mes recoins, mes abris, une fois repéré j'attirais l'homme et je lui donnais sa part. Certains d'entre eux étaient trop sauvages, ou craintifs, pour me suivre jusqu'à l'un de mes lits, je leur cédais où ils voulaient, cages d'escaliers d'immeubles pourris, caves aux portes défoncées, même quelques églises ouvertes la nuit, ou dont ils connaissaient une entrée dérobée pour venir s'y abriter dès l'automne et en hiver. J'avais mes pauvres, mes errants, mes sans-papiers, Fribourgeois perclus d'alcool et d'années de chômage, Africains, Yougoslaves, tout ce que la société repousse à la faim et à l'égout. J'avais aussi quelques infirmes, avec eux j'étais plus près de Dieu. Tu te souviens du cantique du *Titanic* ? Tu vas rire si je te dis que je le chantais dans ma tête chaque fois qu'un bossu, un unijambiste, un pied-bot se roulait sur moi ou m'écrasait de bonheur. Ou que j'écartais les jambes d'un jeune homme qui venait me voir certaines nuits derrière la Cathédrale dans sa chaise roulante, je m'agenouillais, je le prenais dans ma bouche et je l'entendais gémir sur l'air et les mots du cantique. *Plus près de Toi, mon Dieu, plus près de Toi...* Ensuite je remerciais Dieu de m'avoir permis de faire le bien et d'aimer mon prochain comme moi-même.

On pourrait penser dérisoire ce nom d'abbesse dont nous appelions souvent Canisia. Moi aussi j'aimais le lui donner, il convenait à sa calme autorité. A cette douceur qu'elle avait dans son regard ferme, à la simplicité que j'ai dite et qui était un des traits supérieurs de son être.

Abbé, abbesse, c'est le père ou la mère qui dirige la communauté. Titre digne ! Une abbesse dans une grande maison vide, et intensément peuplée de

Dieu, telle était sainte Canisia toute la fin de sa vie, ceux qui venaient la voir repartaient le soir même dans la plaine, j'étais le seul à rester auprès d'elle, parfois plusieurs jours de suite, la nuit je dormais avec elle. Je n'avais pas le droit de prendre des notes. Cela, elle me l'interdisait, et même de manière très vive, me donnant l'ordre de détruire mon carnet la première fois déjà qu'elle m'avait surpris à transcrire ce qu'elle m'avait dit dans la journée et ce que nous faisions elle et moi. J'avais donc été contraint de brûler mes petites pages sur un réchaud à alcool, l'une après l'autre, l'abbesse surveillait l'exercice en se moquant de ma manie d'écriture.

— Il n'y a qu'une seule Parole écrite qui compte, souriait-elle ; tout le reste...

Etant évidemment entendu que le reste était littérature. Non qu'elle fût peu instruite des romans ou de la poésie, je pus me rendre compte à plusieurs reprises qu'elle en avait une connaissance intuitive qui valait tant de vieilles gloses ! Mais elle croyait que les livres n'étaient jamais que l'approximation d'une vérité qu'elle avait rencontrée en Dieu et qu'aucun récit, aucun poème, aucun tableau ne pouvait lui donner cette joie. Seuls trouvaient grâce à ses yeux la peinture qu'elle avait vue dans les églises, et les vitraux, leurs images saintes, où elle puisait la même émotion qu'aux versets de l'Ecriture. Ainsi allait-elle souvent regarder les vitraux de Bazaine dans la petite chapelle de l'Epine, à Berlens, à quelques kilomètres dans les champs au pied de la Colline : six grandes ogives, le printemps, l'été, l'automne, l'hiver, les souffrances et l'assomption de la Vierge. Et sur la gauche, tout au fond, côté ouest et côté nord, Marie en douleur, un vitrail violet et rouge sombre. A droite, à l'est et au sud, un éclairement rose et jaune, couleur de fleur et de blé, Marie en gloire. L'abbesse restait de longues heures en contemplation parmi la lumière qui tournait dans le chœur, jusqu'à ce que les lueurs du soir colorent son front de mauve et de bleu comme l'ombre qui vient. Ombre et lumière immémoriale. Une musique, un ruissellement ample, léger, « Dieu travaille dans le vitrail », me dit l'abbesse un soir que j'étais allé la rejoindre à la chapelle. Et encore : « La souffrance et la joie de Marie pour l'inquiet, l'insatisfait, pour l'errant, pour le coupable... Et moi j'ai le cœur allégé de toute tristesse. »

VIII

Je mentirais si je tentais de donner à ma rencontre avec l'abbesse, aux heures que nous passions ensemble, une résonance esthétique à laquelle elle était étrangère. Elle avait aimé les vitraux de la Sainte-Epine parce qu'ils l'immergeaient dans l'état d'éveil, puis de plénitude, qu'elle recherchait pour vivre en Dieu, comme elle pouvait dire en variant les mots au moment où elle se confiait. Ainsi avions-nous assisté dans cette chapelle à un petit service funèbre, – je dis petit, parce que le vieillard qu'on accompagnait à sa dernière halte était un solitaire, un original, sans doute une espèce de fou qui était venu la voir quelquefois et qui s'était dévêtu dans la neige, devant la maison, la première fois qu'il était monté à la Colline. « La croix ! La croix ! Le martyre ! » criait-il aux quatre vents. « C'est moi le Roi, et le Père, et le Saint-Esprit ! » poursuivait le malheureux tandis que nous essayions de le maintenir, puis il avait arraché ses habits, exhibant une érection médiévale, et s'était jeté sur Canisia en braillant qu'il la tuerait. Calmé, réconforté, le misérable hoquetait de remords en redescendant dans la neige.

Nous étions donc à la messe que nous avions commandée pour le repos de cette âme troublée, le temps était blanc comme le jour où l'homme était grimpé à la Colline avec les suites que j'ai dites, c'était la fin du service, le prêtre allait bénir le cercueil après la prière des morts, tout à coup une vieille voix forte avait résonné dans la petite église. « ... le Roi, et le Père, et le Saint-Esprit ! » disait distinctement la voix, et nous reconnûmes aussitôt que c'était celle du fou que nous allions mettre en terre. Bien entendu nous ne dîmes pas un mot de cette apparition, le prêtre paraissait n'avoir rien entendu, accomplissant les gestes du rituel avec placidité, la maigre assemblée subissait, nous sortîmes à l'air glacial et l'halluciné fut descendu dans sa fosse sur laquelle retentit bientôt le choc de la terre gelée. « La croix ! La croix ! Le martyre ! » avait crié le mort lorsqu'il avait surgi à la Colline. Au retour de son enterrement nous ne pouvions nous empêcher d'entendre encore sa voix menaçante retentir et revenir en écho sur les prairies.

Ces surgissements prennent un relief affreux dans ces lieux déserts. A peine, cette heure, si nous percevions encore les cris des corneilles sous la neige qui s'était mise abondamment à tomber, emplissant le paysage d'un tourbillon nauséeux, ou le passage d'une voiture, ou le vrombissement d'un avion au fond du gouffre ouvert sur nous. Retourner le drame vers la paix ? Refuser le destin de mort, de menace, et l'éclairer comme la lumière perpétuelle de l'être fait luire les vitraux de la Vierge, dans le chœur de la chapelle que nous venions de quitter ? Le fou pouvait continuer à hurler au fond de sa tombe, son sexe se dresser, le sol même se fendre ou se fracturer sous l'effet de son cri, il n'en restait pas moins que Dieu gagne contre le mal, le rêve, Satan, – tout ce qui s'oppose à son règne ou qui inquiète le vivant en chemin vers le Visage.

IX

— Avez-vous déjà regardé l'intérieur du sexe d'une sainte ?

— Moi, je l'ai fait, et j'en rends grâce pour l'éternité de mon âme.

— Avez-vous plongé votre langue dans le sexe d'une sainte ?

— Je l'ai fait, et je mourrais désespéré si je ne l'avais pas fait en ce monde.

— Et toujours vous, avez-vous bu, comme vous le clamez à tort et à travers, avez-vous absorbé, pauvre malade, l'urine de celle que vous dites sainte ?

— Je l'ai fait et je me consumerais de soif au désert si je ne m'étais abreuvé à cette source.

— Avez-vous humé de votre nez l'ordure d'une sainte ?

— Il n'y a pas d'ordure dans une sainte.

— Avez-vous respiré l'exhalaison coupable de votre sainte sur le lit où elle agonisait ?

— La mort ou l'approche de la mort n'effraient pas une sainte, son corps peut s'altérer, le souffle de son âme est saint. Que me font les miasmes de la viande, Seigneur, si Tu as promis de me prendre en Toi comme je T'ai pris, comme je T'ai absorbé à la Table ?

— Avez-vous recueilli, de votre langue peu délicate, les larmes de la sainte coulant sur sa fiévreuse figure ?

— Ma langue est si délicate, sachez-le, qu'elle goûte au calice d'un lys, là où vous ne voyez que fiente et sanie. Oui j'ai reçu dans ma bouche les larmes de la sainte dont vous parlez, ma langue a récolté des gouttes de rosée lumineuse sur les joues lisses et chaudes que je révérais, et j'en ai été fortifié.

— Avez-vous entendu de mauvaises paroles sortant de la bouche de la sainte ? Perçu de mauvaises ondes de son front ? Avez-vous été blessé de mauvais regards de ses yeux ?

— Les mots de la sainte étaient de miel dans la caresse comme dans la sévérité. De son front, de sa gorge, de tout son corps jaillissait un courant qui m'a parcouru à mon tour. Dans ses yeux brûlaient des flammes aussi calmes que celles qui illuminent le cœur de l'Image. Je ne me tairai pas sur sa bonté et sa vérité. Je ne chercherai pas à dissimuler d'elle quelque laide pensée, ou intention, ou faute que j'eusse pu surprendre tout le temps que Dieu a voulu que je passe auprès d'elle et par elle. Elle n'aimait pas l'argent, sauf celui qu'elle donnait aux pauvres, « pour donner un peu de prix à son cadeau », disait-elle en souriant, elle ne mangeait que pour se soutenir en vie, ne buvait de vin qu'à la messe.

— Avait-elle vécu vraiment seule, avant que vous ne la rejoigniez à la Colline ?

— Elle disait que la solitude ne lui pesait pas parce qu'elle habitait en Dieu partout où elle se trouvait. Comme Dieu habitait en elle. Elle demandait aux paysans qui lui apportaient des vivres, des œufs, des fruits, du fromage, d'aller les dispenser aux pauvres de la Basse Ville où elle était née elle-même et où quelques-uns des siens subsistaient dans des conditions déplorables. Elle leur faisait apporter toutes sortes de nourritures, un jour même le boucher d'un village voisin, dont la fille avait été ramenée à la maison par la prière de la sainte, fut convaincu de distribuer la viande d'un bœuf de Pâques et de plusieurs porcs fumés aux nécessiteux du quartier de l'Auge et de l'Ange.

— Tout cela est beau et édifiant. Mais continuait-elle, votre sainte, de se livrer au premier venu ?

— Quand elle vivait dans la rue... A propos de rue, je vous signale que les autorités de Fribourg ont élu l'abbesse Canisia citoyenne d'honneur de leur ville, la sainte a refusé un titre qu'elle jugeait trop lourd pour elle. Il y a eu des compensations. Le boucher à la fille prodigue a poursuivi ses distributions de viande aux pauvres des quartiers d'en bas, des boulangers ont suivi, des supermarchés ont ouvert leurs restaurants à certaines heures aux fantômes perclus des deux rives. Plusieurs médecins réputés ont proposé des consultations gratuites, des pharmacies ont offert leurs médicaments. On rêve, on ne rêve plus, les choses ont lieu, la sainteté gagne. La police ferme les yeux sur les agissements de quelques jeunes filles de la bonne société qui imitent la sainte en s'offrant entre nuit et aube dans les parkings et les ruelles. Leur manège serait resté discret si l'une d'elles, apparentée à un Conseiller d'Etat, ne s'était un peu trop prise au jeu en se proclamant Marie Madeleine, entièrement nue, cheveux roux flottants, « Marie de Magdala ! » crie-t-elle, « je suis Marie de Magdala, la prostituée de Jésus, c'est moi l'épouse, la fiancée du Christ ! » et elle s'écroule jambes écartées à la porte de l'asile de nuit. Jusqu'à ce qu'une patrouille de gendarmerie la boucle pour la rafraîchir. Mais rafraîchit-on l'ardeur de qui brûle de vivre avec Dieu ? Il est curieux de noter, chez beaucoup de saintes ou de hantées de Dieu, que la foi, l'extase ou le témoignage passent par le violent désir, l'exaspération sexuelle, sans aucune limite d'opportunité ou de décence. Ce n'est pas la recherche du plaisir, qui serait aussi une halte, c'est l'incessante envie qui dévore le ventre et le sexe des possédées et leur fait commettre toutes sortes d'actes sales, bruyants, désobligeants, les désignant comme des folles à l'effarement des gens. « Je suis brûlée au-dedans », clamait la rousse de bonne famille aux mains de la gendarmerie, comme si elle souffrait les flammes qu'en d'autres temps elle eût subies sur le bûcher. Et l'abbesse Canisia, avec cette égarée ; et dans sa claustration volontaire, la féroce dame d'Avila : « Le feu de Dieu est en moi. »

X

A mon retour, un soir d'octobre 2001 où je suis allé faire quelques emplettes à Fribourg, j'arrive à la hauteur de la crête quand j'aperçois Canisia qui se tient immobile sur l'esplanade devant la maison. Il doit être à peu près cinq heures, le soleil a baissé sur les campagnes, étendant des lueurs roses sur les champs, les labours d'hiver. Contre la pente étincellent de grands hêtres et des trembles. Une buse siffle dans l'air limpide. Le monde fait halte. Quoi dire de cet instant où je reconnais, comme se fût ouvert à tout mon être un abîme frais et fort, l'inéluctable certitude que ma vie n'est pas vaine puisque je viens de recevoir, à la seconde précise, la preuve de mon éternité ?

XI

Maintenant qu'Aloysia Pia Canisia Piller n'est plus de ce monde, je recopie ici quelques phrases d'elle, notées au vol et en cachette, tout le temps que j'ai passé à la Colline, afin qu'elles portent témoignage de sa grâce. Je les donne sans commentaire ni souci d'aucun apprêt. Les voici :

PAROLES DE L'ABBESSE : Chaque clou planté dans ma chair c'est le Christ. Alléluia.

Chaque instant est l'eau du baptême.
Seigneur inonde-moi brûlante.
Tout baptême est aussi le mien.

Ma mère prostituée se repose en Toi. Baptise-la en moi pour l'éternité.

J'imite Jésus. Je suis crucifiée à moi-même pour ma joie.

Marie de Magdala, Marie Madeleine, comme disent les gens, trouvait sa nourriture dans le chant des anges.

Tous les chemins mènent à moi et hors de moi.

Tous les chemins mènent à la Croix.

Marie Madeleine a été la première à reconnaître Jésus au matin du troisième jour. Elle l'avait pris d'abord pour le jardinier, c'était le Christ qui sortait du vieux Sépulcre.

Elle veut l'embrasser, le saisir, il lui dit : « Ne me touche pas. »

Tendre désir de la viande. Impatience du Ciel.

Toute ma vie j'aurai voulu devenir Marie Madeleine. J'ai affreusement souffert de ne pas l'être.

J'avais vu l'Evêque au Buffet de la Gare, c'était encore Monseigneur Mamie, il m'avait regardée avec bonté, j'en avais été encouragée plusieurs semaines.

J'ai connu une infirmière plus très jeune qui caressait les misérables sous leur drap les nuits où elle était de garde. C'étaient des vieux, des abandonnés. « Le seul geste d'amour qu'ils ont eu dans leur vie », disait-elle sans aucune honte.

Au temps où je rôdais dans la Basse Ville, le curé Noël attirait la foule à l'église. Il donnait tout ce qu'il avait. Pendant trente ans, jusqu'à sa mort, il n'a même pas gardé un sou vaillant pour s'acheter des chaussures. Le jour de son enterrement, la fanfare a repris trois fois la marche funèbre de Schubert, pendant que la cathédrale se vidait au pas des tambours voilés.

J'ai connu Jean Tinguely quand il travaillait à Fribourg. Il aimait beaucoup Jo Siffert, le pilote de Formule 1. Le jour où Siffert s'est tué, en 1971, c'était comme une première mort pour Tinguely. Quand il a fabriqué le *Retable des petites bêtes* avec des crânes d'animaux, des chaînes, des cornes, des croix, avant qu'il prenne place dans l'ancien abattoir du petit bétail, qui est devenu un musée, il m'a demandé de poser avec lui et sa sculpture sur le pont d'un énorme camion. Juste devant l'entrée des locaux où avaient été débités des milliers de moutons et de chèvres pendant cent ans.

Tinguely vit comme un mécréant mais les croix de ses sculptures sont plus proches de Golgotha que la plupart des crucifix qui pullulent dans les églises.

Canisia citant l'Evangile en sortant de la prison de la vieille ville, où elle était allée réconforter plusieurs de ses protégés : « Qui garde les gardiens eux-mêmes au moment où la nuit vient ? »

Qu'est-ce que je dirais certains soirs, si le Christ apparaissait devant moi et me demandait : « Canisia, qu'est-ce que tu as fait pour moi aujourd'hui ? »

Tu ne sais ni le jour ni l'heure ? Ce n'est pas vrai. Il est toujours *le seul Instant*.

— Pour quelle faute avez-vous le plus d'indulgence ?

— Pour toutes les fautes. Et d'abord celles de la chair parce qu'elles sont dans l'amour.

Couronne d'épines. Miracle de la Sainte Epine. Mon Dieu faites que je sois percée et labourée dans ma chair, jusqu'à l'os, seconde par seconde, en souvenir de mon bonheur d'être vivante pour votre Fils.

1er et 2 novembre, Toussaint et Jour des morts : la nuit noire, la Vierge noire. Je suis noire, le jour est noir, Tu le transfigures en m'aimant.

Je rapporte encore une anecdote que je trouve intéressante si l'on se rappelle qu'Aloysia Pia Canisia Piller, par sa naissance très humble et son noviciat précoce, était une personne presque inculte. Mais elle aimait le cinéma, en particulier les films de Tarzan, qu'elle allait voir et revoir aussi souvent qu'elle pouvait. En 1984, lors de l'enterrement de Johnny Weissmuller dans le nouveau cimetière encore désert d'Acapulco, les autorités mexicaines avaient diffusé dans de très grands haut-parleurs le célèbre cri de l'Homme-singe au moment où le cercueil descendait dans la fosse. Canisia avait vu la scène à la télévision et elle en avait été bouleversée. « De profundis », le cri de Tarzan avant la fosse, c'était aussi, se souvenait-elle, ce que répétait le confesseur à qui je devais tout dire, chaque vendredi, les premiers temps à la Maigrauge.

XII

Il y avait dans la ville une caserne désaffectée aux vieux volets noirâtres et blancs, aux portes pourries, aux cabinets impraticables où se cachaient des faméliques et forniquaient des amants. A quelques pas scintillait la rivière, eau salvatrice, écume pure, que des anges couronnaient au soir de lumière orangée et jaune. Agrippés aux broussailles de la rive, des Christ pouilleux marchaient mentalement sur les tourbillons verts, les courants, les fuites, la danse des eaux rapides et froides qui étincelaient et chantaient dans la gloire du Dieu vivant. Alanguies sur ces talus rêches, des vieilles goulues ouvraient les jambes au soleil, une plus jeune quelques fois par jour haletait sous le poids d'un clochard ou tordait sa jeune langue sur le gland d'un légionnaire revenu cuver l'épopée aux bords ardus de la Sarine. Mais qui était cette plus jeune ? Dans ce paradis allait une sainte, les humbles l'aimaient, les bêtes l'aimaient, le chant des oiseaux aux buissons se faisait plus doux à son passage, ainsi avançait Canisia, nonne et abbesse, parmi les cadeaux que Dieu dispense sans cesse à son regard. Aloysia Pia Canisia Piller dont le seul péché jamais comptable fut d'être née. Ici un arbre dressé comme un cierge, ruisseau qui luit dans l'air pur. Ici une fontaine où boire à son désir entier. Là ces pans de pierre luisante de l'autre côté du fleuve, et les collines, corps couchés, et le visage des aimés des deux côtés de la route, ils sont vivants et déjà morts, à moi la sainte et à vous frères de les conduire, si vous le pouvez, à la béatitude fraîche comme une goutte de rosée. Il y a des ossements qui bringuebalent sur des colonnes de vertèbres, des pulpes profondes et grasses à consommer sous les lys. Le ciel des bleuités noires s'ouvre, le buisson brûle. « Dieu, enseigne-moi ce que je dois faire », disait la sainte en tout lieu, ou « Dieu, je te le dirai après, puisque tu l'as déjà vu », et elle souriait de n'avoir pas dissimulé, ni dans son âme, ni dans son corps, le bien qu'elle venait de faire à un pauvre.

Un jour elle rencontre un de ces hères gisant sur le bord d'une fosse.

Elle ne le sait pas, elle ne le sait pas encore, mais le disgracieux est très grand, très lumineux sous le tas de hardes.

Elle ne voit que la triste figure, la bouche souillée, qui pleure et vomit en refrain : « Pitié, pitié, aimez-moi, aimez-moi même une seule fois ! »

Elle presse le malheur sur son corps blanc, elle reçoit le liquide saccadé du malheur dans son ventre lisse.

Tout à coup le malheur se dresse, grandit, ses bras deviennent gigantesques, son torse brille de joyeuse santé, son visage rayonne, calice ! « Tu aimes ton Dieu, Canisia », crie le géant au-dessus d'elle, et elle, mortelle, créature du Seigneur, elle est broyée contre une poitrine plus sonore que mille tambours.

Une autre fois c'est un nain qui se traîne à la surface du sol, pauvre objet pourtant né de Dieu, et tout bossu est ce nain, ou tordu, on ne sait trop, on n'ose pas trop regarder de peur de souffrir et de faire souffrir. Décidément pas beau à voir. Mais la femme qui va le même chemin, elle l'a vu et regardé. Elle s'arrête auprès du nain, lui sourit et demande son nom. A l'instant le nain se couvre de plumes, oh le blanc plumage, le nain se met à grandir, à briller, devient un rayonnant cygne qui se laisse glisser dans la rivière et se met à nager sur ses eaux vertes. Beau mensonge ! rient les sataniques et s'indigne l'avocat du diable, le jour qu'il faudra plaider pour l'élection de notre bienheureuse devant la Congrégation des Rites. Un difforme qui devient un cygne ! Mais nous qui savons ces événements, nous attestons qu'aucun prodige n'est interdit dans l'entourage de qui porte Dieu, et que Dieu porte, pour la plus grande gloire du Règne.

nage, la main [illegible] grandit, à [illegible]
devient un flamboyant cygne qui se
laisse glisser dans la rivière et se met à
nager sur ses eaux vertes. [illegible]
[illegible] les satanique[illegible] indiens
[illegible] un diable le jour qu'il fallut
[illegible] pour l'élection de notre bien-
heureuse [illegible] la Confrérie des
Roses. Un [illegible] qui devient un
cygne ! [illegible], qui [illegible]
[illegible] qu'aucun pro-
dige [illegible] dans l'entourage de
qui [illegible] et que Dieu parle
pour la plus grande gloire du [illegible].

XIII

Prière de l'abbesse Canisia, à l'aube du 9 octobre 1985, qui sera jour de grand vent :

Seigneur, avant le matin, à l'heure où le vent se lève, tu sais que je suis pleine de Toi mais c'est aussi dans mon âme que cet air souffle et fait rougir tant de braises,

et je veux que ce feu brûle pour Toi,

et que je me consume en Toi dans le tourment et la paix de notre Amour.

Seigneur par ta plaie au flanc, par la lance et ta douleur, je brûle et souffre et m'ouvre en Toi dans le grand vent d'octobre qui attise notre feu.

Seigneur je serais triste de ne pas souffrir avec Toi.

Seigneur je serais triste de ne pas jouir avec Toi.

Seigneur Ton aube est rose et la pente rouge comme le sang que je veux verser pour Toi à tout instant sur ta Croix, que Ton monde est beau, ce matin, et pur le souffle de Toi qui m'emplis et m'inondes de Ton eau.

Seigneur ce matin de grand vent je Te prie et T'appelle, souffle en moi comme le vent tournoie en moi, ne me rejette pas, ni ceux que j'aime en Toi, je les prends dans ma chair comme Tu me prends dans tes plaies saignantes d'amour. Soutiens-moi ce jour qui se lève et que je traverserai avec Toi vers la seule Vie.

Seigneur je suis née de l'amour d'une femme et d'un homme que j'ai à peine connu et qui est mort pauvre et seul. Dépravé, rejeté, séparé était mon père, et ma mère exténuée de terrestre pauvreté. Voilà le sol où j'ai poussé, maintenant ceci est mon corps, ceci est mon sang. Seigneur pardon de prendre les mots de Ton eucharistie, pardon de parler dans Ta langue, Tu sais que je n'en ai pas d'autre. Corps et sang, ma dépouille mortelle que tu connais. Et si Tu le veux, puisque je T'aime, mon âme que Tu connais ne périra pas. Qui sait où je serai dans peu de temps ? Dans Ton éternité et Ta paix ? Ah je le veux de tout mon corps né si grêle, moelle de mes os mal nourris du monde mortel, larmes de mes yeux gavés de beauté mortelle.

Seigneur je souhaite et veux Ton temps, Ta paix, Ton ciel, de toute la force honteuse et glorieuse de mon désir de Toi.

Seigneur je suis pauvre et mortelle, brûlante et fille de pauvres dans mon corps. Mais mon âme vivra en Toi. Oh par ce grand vent qui secoue le jour, entre en moi encore plus profond, porte-moi plus près de Toi, Seigneur je T'aime et Te révère, Toi qui me brûles et me rafraîchis dans la tendre braise de Ton Nom.

AMEN

XIV

« Frères le temps est court », écrit saint Paul aux Corinthiens et il insiste sur l'imminence du retour de Jésus-Christ. Moi qu'aucune certitude de cet ordre ne pressait, je me hâtais secrètement de recueillir dans mes carnets ou d'enregistrer sur un petit magnétophone portatif autant des propos de l'abbesse que les circonstances le permettaient, me doutant qu'un jour ou l'autre j'aurais besoin de ces documents pour témoigner en tout éclat. J'ignorais alors que je n'aurais jamais à les faire lire ou écouter à aucun tribunal en ce monde, qu'il fût laïque ou religieux, et que les seules preuves que je garderais de la sainteté de Canisia resteraient enfouies dans mes tiroirs, hélas plus tristement dans ma cendre, jusqu'au jour du Jugement dernier.

Mais comment regardait-on ces événements, à l'époque de la prière que l'on vient de lire, autour de l'abbesse Canisia Piller et de ceux qui la suivaient ? Au temps de sa plus intense et communicative ferveur, alors qu'elle se disait tout naturellement habitée et portée par Dieu, il semble qu'à l'enthousiasme populaire, qui allait croissant, correspondît un refroidissement de l'autorité ecclésiastique séculière et régulière, comme si les ordres reclus, les prêtres des paroisses et leur supérieur hiérarchique Monseigneur l'Evêque du vaste diocèse de Fribourg, eussent considéré les agissements de l'ancienne moniale échappée du couvent de la Maigrauge comme décidément suspects ; et que sa bruissante popularité commençât à gêner les oreilles de la hiérarchie locale et peut-être aussi romaine.

Il est toujours dangereux, pour une sainte ou pour un saint, d'exciter l'attention du pouvoir. Là, les édiles laissaient faire, je l'ai dit, l'abbesse leur rendait plutôt service en attirant à elle et canalisant les loups et les brebis des quartiers mal contrôlables. L'Eglise c'était une autre chanson !

Or c'est à ce moment-là qu'éclatèrent autour de Canisia un certain nombre de scandales ou de désordres notoires, qui jetèrent un éclairage pénible sur notre bienheureuse, et faillirent donner raison à la méfiance de la hiérarchie.

XV

Le premier trouble eut lieu en août 1987. Cette année-là, l'été particulièrement beau avait permis à Canisia de prolonger ses haltes quotidiennes dans le quartier de la Sarine, et comme elle allait dans les rues basses, se rafraîchissant à l'air du soir qui venait du fleuve jusque dans la rue des Epouses, au pied de la Cathédrale, tout à coup, alors qu'elle remontait vers la ville par la Grenette, une jeune fille au rayonnement intense était sortie devant elle de l'église des Cordeliers.

Cette jeune fille avait un regard que je ne peux oublier : des yeux presque sans couleur, ou dont la couleur avait été remplacée par une luminosité dorée, « des yeux déjà de l'au-delà », avait dit l'abbesse à leur toute première rencontre, et par la suite : « des yeux qui voient le Visage ».

Quel âge avait cette jeune fille ? Il était impossible de lui donner un âge exact. Elle surgissait comme une apparition brillante, légère, et ses yeux sans couleur, remplis d'ailleurs, brûlaient en se posant sur nous. Le corps était long et souple, presque nu sous une robe de bure grise, presque d'uniforme, ou de claustration, tant qu'au début nous l'avions prise pour une moniale échappée elle aussi de la règle des Clarisses ou des Ursulines.

Qu'est-ce qui poussa Canisia à laisser cette jeune fille s'approcher d'elle, sans doute le don de l'accueil, ou plus obscurément le besoin de s'approprier l'apparition. Assimilant à sa cause une présence qui aurait pu devenir gênante si toutes deux s'étaient trouvées face à face, ou trop distinctes, et passibles de comparaison. Les saints eux-mêmes obéissent à des motivations souterraines, c'est toujours pour une juste cause. Les mauvaises langues ont insinué qu'une attirance plus coupable fascinait l'abbesse dans le corps et l'esprit de cette jeune fille, je reconnais avoir été impressionné moi aussi par le pouvoir quasi amoureux que la cadette exerçait sur son aînée, notre abbesse Canisia Piller, tout le temps que cette enfant fut des nôtres.

D'abord, notre abbesse reçut Béatrice Conté à la Colline comme si elle avait été sa fille. Ce serait peu dire qu'elle l'accueillit dans son sein : elle la happa, la fixa, et la novice fondit en elle. C'était chose saisissante que de voir les deux femmes s'embrasser, longuement se choyer, ensuite aller par les rues, sur les places, dans les gourbis, les plus sales tripots, porter ensemble la bonne nouvelle et éclairer tant de chemins !

Leur apparition suscitait une curiosité enthousiaste. Les hommes s'approchaient, écoutaient avec étonnement, bientôt touchaient de leurs doigts, de leurs bouches tendues, le vêtement ou la main des deux envoyées de Dieu. On se souvient que Canisia avait souvent voué son corps aux malheureux. Elle ne fut pas longue à vouloir que sa disciple l'imitât en cela aussi et se livrât aux indigents, aux infirmes, dans les caves et les taudis où transverbérait sa beauté. Inutile d'insister sur la naissance de la rumeur, ses détours par les cures de quartier jusqu'à l'Evêché excédé. Le nouveau baiser au lépreux ! comme le nomma *La Liberté*, le seul journal de la ville, dans une chronique ambiguë où l'inquiétude un peu moqueuse le disputait à l'admiration.

Le scandale fut à son comble. Plus question cette fois-ci d'évoquer Marie de Magdala, sainte Geneviève, ou d'autres martyres de leur sexe. Ce qui était encore admissible dans les prétendus débordements de Canisia, étant donné son âge, son expérience du couvent et la pauvreté de son origine, devenait inconcevable avec Béatrice Conté dont on ignorait à peu près tout, sinon qu'elle était belle comme Dieu. Mais veut-on que Dieu soit beau ? Et la beauté de Dieu serait-elle même imaginable par des esprits simples comme par des têtes bien faites, le peuple, les édiles, les lecteurs de *La Liberté*, les écoles toujours religieuses et le Collège Saint-Michel fondé par saint Canisius ? L'archange Michel a vaincu le mal, il ne faut pas l'oublier, et le mal gagne dans nos murs. Et d'autant plus pernicieux, le mal, et aimable, qu'il se cache dans les agissements d'une fausse élue, la fille

Conté, la brûlante, l'amie de la prétendue sainte, avec laquelle elle prend plaisir à séduire des individus sans défense. Affamés, rôdeurs, infirmes de toute forme qui leur font une suite digne d'elles, et à ta hauteur Seigneur, dans les coupe-gorge et les squatts. Et les deux femmes vont ensemble, l'ancienne et la nouvelle prostituée de Dieu, et elles célèbrent ta louange chaque nouveau jour que tu fais. *Plus près de Toi, mon Dieu, plus près de Toi*... Ils ont bonne mine les naufragés du *Titanic*, dans leurs profondeurs océanes inaccessibles, à entendre chanter leur pauvre chant, presque un siècle après leur engloutissement, dans la bouche de deux extatiques à enfermer et punir. En d'autres temps, c'est une vérité à rappeler, elles auraient déjà grillé sur le bûcher approprié.

XVI

Assez de méchanceté. Faites taire la rumeur, coupez court aux détails sales et autres laideurs de la calomnie. Surtout ne prenez pas ce ton entendu, interdisez-vous les mots de la foule et du discours indirect. Voilà ce que devraient se répéter ceux qui ont eu le privilège d'approcher de saintes personnes dans ce monde mauvais. Mais si saintes ? Et affreux, le monde ?

En vérité l'abbesse et sa protégée étaient des êtres de chair mortelle, de chair vivante et frémissante et le don de leur corps était dans leur vocation du martyre. N'a-t-on pas vu sainte Thérèse de l'Enfant Jésus, au Carmel, manger le crachat de sa supérieure phtisique pour s'approcher de l'Epoux ? Aloysia Pia Canisia Piller et Béatrice Conté étaient de cette trempe. Dans l'abandon de leur corps aux malades et aux disgraciés, il y avait aussi bien le *Plus près de Toi* du cantique et le consentement au sacrifice des témoins fouaillés jusque dans leur chair et leur sang.

Qui décide une envoyée à l'étreinte du contagieux ? Il se passa alors de belles choses, attachées au corps du Christ, dans la nuit des dispensaires et les travées gluantes de l'hospice. Tel jardin de l'ancien lazaret, les communs de certain cloître, les chemins enfouis de Notre-Dame de Lorette, ces lieux-là furent hantés, cela est vrai, de rôderies amoureuses très singulières, d'accouplements disparates, de mêlées charnelles dont les acteurs miséreux se satisfaisaient de glorieuse fibre, rafraîchissaient leur gueule malodorante et pataugeaient à la fontaine immaculée, s'abreuvant de feu céleste à certain puits. La pitié de Dieu ne connaît aucune limite de décence, d'opportunité locale ou circonstancielle.

— Quelle différence entre deux chiennes et vos saintes déculottées ? interrogeaient les rieurs. On serait curieux de savoir ce qu'en pense notre pape Jean-Paul. Ou sa curie, le préfet des archives secrètes du Saint-Siège, ou ce qu'en aurait fustigé le frêle cardinal Journet, ancien professeur de théologie à Fribourg, qui dénonçait véhémentement les amours malpropres, pour lui pareilles à des limaces qui se traînent et bavent sur les pures fleurs de la Création. Charles Journet, 1891-1975, ordonné prêtre en 1917. Cardinal en 1965. *Entretiens sur la grâce, Les Sept Paroles du Christ en croix, Connaissance et inconnaissance de Dieu*. Participe au Concile Vatican II, à l'élaboration de la

Constitution *Gaudium et Spes.* Voulez-vous vivre sans honte devant Dieu ? Voulez-vous imiter le Christ ? Fuyez le péché qui est dans la chair comme le ver dans la pulpe du fruit. Fuyez et cachez-vous en Dieu. Chaque instant que le péché guette, fuyez. Le diable, c'est le tentateur. Tentés, vous ne savez plus qui vous êtes devant Dieu et devant votre salut final. Regardez-vous, pauvres alléchés, même plus capables de penser à votre éternité ! De songer à voir bientôt votre Dieu en face !

— Tais-toi en nous, prophète du pire. Il y a une autre urgence dans la passion de Canisia, un autre appel dans la chair de Béatrice Conté, la jeune fille qu'elle a attirée sans le savoir et qui maintenant se nomme sa fille. Une autre nécessité que celle de l'obscur. « Dans une seule journée, Seigneur, si je n'ai obtenu qu'un seul salut, répète souvent Canisia, j'ai gagné la cause de Dieu. » Or, tous les jours, elle fait des dizaines de conversions. Elle refuse de donner le baptême parce qu'elle n'est pas ordonnée ; elle n'a pas le droit de conférer le sacrement même au mourant qui crie Son nom. Elle appelle les prêtres de la paroisse. Elle n'a pas le droit de bénir mais sa présence est une bénédiction. Elle n'a pas de cure, pas de paroisse, mais les gens la réclament et ses dons sont plus profonds que le fond du sol, dans la fosse où nous attendrons le salut.

Avant le matin les deux femmes marchent dans la phosphorescence du fleuve, devant la ville encore noire, une lumière abrupte soudain tombe sur elles, les irradie, les agrandit sur le chemin herbeux de la rive où elles avancent en se taisant.

XVII

Sur ce chemin je vous suis de loin, chères sœurs, toi d'abord abbesse Canisia qui guidas mon âme et les désirs de mon corps par les voies anxieuses du monde. Tu commenças par mon âme. Puis Dieu voulut que par mon corps, tu m'ouvres un lieu de glorieuse douceur que je n'aurais sans doute jamais connu sans ton intercession. Pourquoi ne suis-je pas devenu prêtre ? Ou témoin, récitant de Dieu au jour le jour à travers toi, paroles et actes, qui m'enseignas Dieu en toute chose ? Mais ne suis-je pas devenu ton biographe ? Ou plus modeste, ton chroniqueur ? On ne dit pas tout d'un saint. On raconte des exemples, des moments intenses, des scènes choisies dans le quotidien où le saint sans cesse se débat dans les mêmes chaînes que nous. Mais ce qui le change de nous, c'est qu'il porte Dieu, élu et témoin, sans interruption ni répit.

Ah s'il n'y avait pas eu ce second scandale ! Si les débordements de Canisia, dont on commençait à parler moins, avaient pu s'évaporer dans l'atmosphère paresseuse de la ville, que l'on ressent souvent figée, ou doucement engluée dans une lumière médiévale, et disparaître, se fondre à l'air lent des siècles comme s'évaporent les traces de l'écume que le vent d'orage jette sur la berge terreuse du fleuve avant que le soleil ne l'absorbe.

Mais on eût dit que la seconde affaire ravivait d'un coup le souvenir des détails plausibles et des mensonges qui avaient enflammé les cerveaux, dès ce mois d'août 1987 où la fille Conté était apparue. Cette fois c'était plus grave, l'attentat contre elle, sa blessure, il n'y avait plus d'invention. On sut que Béatrice Conté s'était abandonnée à un clochard de la Basse Ville vers vingt-deux heures, d'autres gueux avaient surgi, des ivrognes, des drogués, ils voulaient la fille, hurlements, échauffourée, sordide bagarre de minables, un couteau avait jailli, à la fin Béatrice nue, poignardée, la lame a passé entre deux côtes, touché le cœur, police, ambulance, on la transporte à l'hôpital, à minuit vingt elle était morte. Les urgences étaient pleines de pouilleux braillards, la police avait mis une demi-heure à les refouler sur le parvis. J'étais arrivé en taxi avec l'abbesse, au sous-sol de l'hôpital, dans le garage des médecins, la blessée respirait quand nous fûmes au bloc opératoire. Puis la fin : yeux ouverts, admirables yeux sans couleur où s'éteint l'étrange lueur qui venait d'ailleurs et y retourne à l'instant même, sous notre regard plein de larmes. Béatrice Conté qui meurt. Linge aussitôt posé par la sœur de garde sur ce visage encore chaud. Nous retirons le linge. Regardons encore. Touchons. Caressons le beau visage où chaleur passe, visage devient lisse, pâleur gagne, corps se relâche, trouve tôt sa forme de corps mort. Combien de temps sommes-nous restés auprès du cadavre de Béatrice, la fille Conté, comme répètent médecins et infirmières, jusqu'à ce que la police nous donne l'ordre de *répondre à quelques questions* ?

Nous répondons. C'est dans un petit local à l'entrée de l'hôpital, là se font l'accueil, les inscriptions, les téléphones aux familles. Non, Mademoiselle Béatrice Conté n'avait pas de famille. Du moins de famille connue de nous. Non, elle n'avait pas de papiers. Son âge exact ? Nous ne savons pas. Vingt-cinq ans, vingt-huit ans peut-être ? Elle nous a rejoints, elle est restée, vivait plus ou moins avec nous. Si nous étions au courant de ses mœurs. Si Mademoiselle Aloysia Pia Canisia Piller ici présente la poussait à se débaucher. Si nous savions quels voyous elle devait rejoindre cette nuit même. Si elle se faisait payer. Si Mademoiselle Aloysia Pia Canisia Piller, qui dit avoir accueilli la victime à la Colline et ailleurs, se reconnaît complice des agissements de ladite victime. Si elle admet sa part de responsabilité dans ce qui est arrivé à sa pupille.

Canisia fut laissée libre. A la fin de l'interrogatoire elle ne répondait plus aux questions des policiers que sa noblesse, sa tranquillité, visiblement impressionnaient. C'est dans la suite de la nuit qu'elle put exprimer sa tristesse. Au lieu de pleurs de révolte ou de séparation, elle s'immobilisa dans une étonnante fixité, seules ses lèvres parfois remuaient, avant le matin elle se lava et s'apprêta aux formalités de la mort.

Par autorisation spéciale de la commune, et parce que la Colline était un lieu privé et lointain, le corps fut inhumé à l'aile est de la maison, au soleil levant, dans la lumière aussi de l'aube perpétuelle où le Christ l'avait saisie. « Le jour du Seigneur viendra comme un voleur dans la nuit », dit saint Paul, c'est ce qui est advenu pour toi petite Béatrice Conté et je t'envie cette grâce.

Rien ne fut écrit sur la tombe, il n'y eut là ni dalle, ni croix, rien que la terre de la Colline et bientôt l'herbe qui repousse si vite. Avec la pluie, le gel, la neige. Et le passage du vent qui secoue et qui nettoie tout, grand vent de Dieu balayeur de nuées dans nos cœurs et dans nos âmes.

Béatrice est morte il y a quinze ans,

sa mémoire n'a pas été oubliée du petit peuple de Fribourg, encore moins des compagnons qui ont suivi Canisia. A l'enterrement de Canisia, au mois d'octobre dernier, le prêtre lui-même a rappelé le souvenir de la jeune fille assassinée pour sa foi. Morte dans l'imitation de Notre Seigneur ! Et très souvent, par tous les temps, qu'il pleuve ou fasse grand soleil, quelqu'un d'entre nous s'arrête au lieu herbeux où reposent les restes de la jeune martyre. Quelque chose alors monte du sol, qui n'est pas que l'émanation du terreau, ou l'odeur âcre et sucrée du thym qui prolifère sur cet espace. Une douceur lumineuse vient du fond où reposent les os de l'élue, et du souvenir de son regard à l'instant même qui nous voit de là-bas. Je vous salue Béatrice pleine de grâce, le Seigneur est avec vous, priez pour nous, pauvres pécheurs, maintenant et à l'heure de notre mort.

— Vous n'avez pas honte de blasphémer ? Vilaine besogne. Et d'invoquer une pécheresse ?

— Il n'y a pas de blasphème à m'adresser à la relique de celle qui a aimé Dieu plus que soi-même. Quant au péché mortel... L'Evangile le réserve à qui salit les vertus saintes. Il n'y a aucune faute à pratiquer le don de soi : même rempli de charnel plaisir, même si le désir brûle un corps trop vulnérable, il appartient au règne du mystérieux et simple amour. Là-dessus les Pères s'entendent, et saint Paul le premier l'affirme, il n'existe rien dans nos déserts s'il n'y a pas aussi l'amour.

Le meurtrier de Béatrice Conté n'avait jamais été retrouvé. Une enquête interminable, des interrogatoires, la pègre de la Basse Ville passée au peigne fin, aucune prise, l'enquête s'enlise, l'affaire est classée sans suite. Pas de procès, aucun étalage public, donc aucune presse, pas d'émission de télévision, retour au neutre exigé. Tu vois, Dieu, le mensonge gagne. Et moi je n'aurais pas le droit de me vouer à mes saintes femmes ?

XVIII

Monseigneur l'évêque de Fribourg me regardait en souriant. C'était un homme de taille bien prise, au beau visage régulier, à la chevelure longue et abondante d'un brun sombre sur un grand front, des yeux brillants, un cou rond. La croix pectorale luisait sur son habit sombre à contre-jour. Des romans policiers et des ouvrages de théologie étaient empilés sur un guéridon, près des fauteuils où il me recevait. Un peu à l'écart des autres livres, je vis, bourré de signets et de feuillets de lecture, un traité que je venais de lire moi aussi : *La Virginité de Marie*, du Père Nicolas, beau livre où pour la première fois j'entendais que Marie est une femme de chair sacrée et habitée.

— Sœur Canisia... commença l'évêque en souriant. Nous partageons beaucoup de choses, sœur Canisia et moi. Il y a Dieu, il y a Tinguely... Ce qui est déjà considérable. Pour le reste...

L'évêque émit un soupir, sourit encore, et sa main baguée esquissa devant lui, lentement, une trajectoire qui devait signifier que ce « reste » lui demeurait étranger.

— Mais ce reste, Monseigneur, ne croyez-vous pas que Canisia s'y donne à Dieu corps et âme ?

Je vis aussitôt ma maladresse. L'évêque s'en saisit au vol.

— Corps et âme ! Vous l'avez dit. Et c'est là que le bât blesse. Si notre sœur savait s'en tenir aux pures manifestations de sa foi, même bruyantes, nous ne verrions là qu'innocence, beaucoup de naïveté, et une gaucherie sympathique. Elle parlerait, elle réconforterait âmes et cœurs, elle apporterait la bonne nouvelle... Rien de répréhensible, ou de blâmable à nos yeux. Mais vous savez qu'elle outrepasse toutes les lois de la décence. Vous connaissez les circonstances de la mort de sa complice... Débauche, fornication, désordre, on n'a pas fini de recevoir des plaintes, des dénonciations, et vous ne devez pas ignorer qu'on s'inquiète... jusqu'à Rome. Il ne faudrait pas que la ville du cardinal Journet fût entachée de trop d'erreur.

J'avais compris l'avertissement, le ton était bienveillant, le danger ne viendrait pas de là. Mais pourquoi parler de danger où il y avait tout accueil ?

J'avais su par d'anciens collègues journalistes que l'on souhaitait ma visite à l'Evêché, c'est moi qui avais pris les devants puisque Monseigneur ne m'avait pas convoqué. Je connaissais les mœurs douces du personnage et qu'il appréciait les artistes, à preuve sa passion pour Tinguely. Et qu'il était non conformiste jusqu'à laisser publier ses entretiens avec le commissaire San Antonio. Drôle de farce pour un prélat. La Vierge et Frédéric Dard. Qui dira que la voie est toujours claire ?

C'est de plus profond que viendrait le mal. Comme si le meurtre de Béatrice Conté communiquait des ondes inquiètes dans nos vies, d'abord nous ne les voyons pas, nous ne les ressentons pas tout de suite, la sape se fait sournoisement, l'anxiété s'installe, progresse, et un triste moment, se révèle. Ainsi la maladie qu'on ignorait et qui éclate au grand jour dans un corps déjà miné.

La mort de Béatrice Conté avait atteint l'abbesse dans une de ses qualités très précieuses : la certitude que sa foi la rendait invulnérable. A vrai dire, elle s'était faite plus rare en ville depuis que Béatrice tenait la rue. Elle fut encore plus sauvage après son deuil, retirée à la Colline comme dans le seul lieu de paix qu'elle eût envie d'habiter, à la fois proche et très loin du monde. Elle n'avait pas vieilli, ni forci, mais un autre rayonnement commençait à émaner d'elle. Comme un secret plus lourd, d'amour accru de Dieu, d'amour des êtres, de volupté étrange et longue à se retrouver exposée et retirée, toujours enfermée, toujours offerte.

elle s'était [illegible] plus [illegible], elle depuis
que [illegible] la rue. Elle fut
même plus [illegible] après son [illegible]
retirée à la Collatine [illegible] dans le seul
lieu de paix qu'elle [illegible] d'habiter
à la fois modeste et très loin du monde.
Elle n'avait pas vieilli, au fond, mais [illegible]
[illegible]
que dans [illegible]
de Dieu quand [illegible]
[illegible]
tout, au moment où [illegible]
[illegible] simple [illegible]
[illegible]

[illegible] ces années [illegible]
2001 et 2002 [illegible]
[illegible]
une simplicité [illegible]

XIX

Ecrire sur une sainte n'est pas simple, surtout si l'on a entretenu avec elle une relation d'amour charnel que l'on n'oublie pas, seconde après seconde, jusqu'à la mort. Je n'ose plus dire dans l'infini, par respect pour l'avis de Dieu quant à mon imperfection. Ce dont je suis sûr, c'est que Dieu ne peut ignorer la transparence de mon intention, au moment où je prends la plume pour témoigner. Simple rapport de qui fut conforté et gratifié.

Les dernières années de l'abbesse, en 2002 et 2003, je les ai vécues auprès d'elle, – j'allais dire en elle – avec une simplicité où j'atteignis le bonheur de paix et d'intuition du divin que j'avais souhaité toute ma vie. L'existence se déroulait selon un horaire régulier, facile à qui accomplit le seul exercice que son âme et son corps lui conseillent.

Et comme ce conseil était inspiré par Dieu lui-même, au-delà de la fibre de ma viande et des tressauts de mon esprit vers l'air allégé de la vision, j'éprouvais sans me lasser la douce rigueur de la règle que l'abbesse Canisia, chaque nouveau jour de Dieu, voulait pour elle et pour moi.

XX

L'œuvre terrestre de Canisia Piller serait vaine, le don de soi nul, le rayonnement de son âme non advenu parmi nous, il resterait d'elle une image unique, vraiment sainte, qui est d'exemple absolu. Je nomme ainsi ce qui oppose, dans ce monde sans répit tenté par Satan, tout ce qui est de l'Esprit, lequel fonde l'être en lumière.

Qu'est-ce qui a fait qu'à la fin la mauvaise chance jouât contre nous ? Qu'une durée que plus rien ne menaçait ou n'assombrissait, hormis, *mezza voce*, le souvenir et le manque de Béatrice, et qui trouvait dans sa paix même une intensité de bonheur, fût brutalement interrompue par la découverte d'un mal qui rongeait l'abbesse, sans doute depuis plus d'un an, et qui soudain fut à son comble de voracité destructrice ? Nous nous étions rendus à la consultation de l'un des spécialistes du cancer, à l'Hôpital cantonal, un certain jour d'août de moissons et de premier automne dans l'air chaud. L'examen avait été long, le verdict bref. Le mal était si avancé qu'il eût fallu un traitement radiologique immédiat, appuyé par une lourde chimie, pour tenter d'arrêter les métastases qui avaient déjà gagné le poumon et l'œsophage. Un rein était atteint, ce qui expliquait aussi la difficulté de l'abbesse à se mouvoir, depuis quelque temps, même à marcher un instant, ce qu'elle faisait cependant en avouant de grandes douleurs dans son corps presque prostré.

Comme je m'y attendais, dès le début elle avait refusé tout traitement, trop heureuse et privilégiée, disait-elle, de prendre une part à son tour des souffrances du Christ sur la croix. En septembre les douleurs s'aggravèrent, le flanc droit était ravagé, sa chair détruite, les os mêmes étaient atteints, la souffrance ne cessait pas, aiguë, longue, anéantissante. Canisia se tordait sur sa couche, maigre, ses beaux yeux clairs exorbités sous l'effet de la douleur qui labourait sans arrêt le dos et les membres. Ne mangeant plus rien, s'abreuvant à peine d'une eau teintée d'un peu de vin, elle était devenue squelettique aux premiers jours d'octobre sans qu'une seule fois sa certitude ne cédât à son état et à ses maux. Ni qu'elle cessât de réconforter ceux de nos compagnons qui venaient l'embrasser et la supplier de rester en vie. Ou encore qu'elle n'eût pour moi, qui retenais mes pleurs à son chevet et que son martyre à de mauvais moments affolait, des paroles que je me répète aujourd'hui pour m'assurer et m'alléger. « Tu parlais de mauvaise chance, disait-elle. Je sais que tu continueras à le penser. Mais tu as tort. Sois plutôt reconnaissant qu'il me soit donné d'imiter Dieu jusqu'au bout. » Et encore : « Toute ma vie j'ai espéré ce moment. »

XXI

Aloysia Pia Canisia Piller est morte le mardi 14 octobre 2003 à cinq heures trente, j'étais seul à son chevet, je l'ai accompagnée aussi loin que j'ai pu dans sa destinée terrestre.

Je suis resté plus de deux heures devant le cadavre qui refroidissait. Le visage a tôt repris sa sérénité, les plis de la souffrance se sont effacés, le modelé lisse et presque juvénile de sa figure a rayonné à nouveau dans la pièce où l'abbesse agonisait depuis septembre. L'aube était encore fraîche sur les pentes lorsque j'ai ouvert les fenêtres, les appels des oiseaux emplissaient l'air où aucun vent ne soufflait. Vers sept heures trente des lueurs, dcs traces roses ouvraient déjà l'espace derrière la chaîne des monts par-dessus le paysage. Le temps serait clair. Une belle journée d'automne commençait.

« Cherche le Christ avant le matin », disait souvent Canisia, comme pour nous tenir en éveil pour tout le jour qui allait venir. Je songeais à la vérité de ces quelques mots cependant que la lumière matinale s'installait partout dans l'air et faisait luire la paix des arbres, les chemins de traverse, l'herbe sur les prairies lointaines. Qui sait où était cette âme à l'instant ? Encore toute proche de moi, ou déjà partie hors de ma portée, sur les confins, les nuées inatteignables ? Une force étrange me tenait, au lieu du deuil qui aurait dû me faire pleurer ou me ployer sur le corps rigide de l'abbesse aux yeux fermés. Une force qui elle aussi ouvrait en moi son espace comme les taches roses, orangées, maintenant rouges, agrandissaient l'aube et l'air. Et que me disait cette vigueur ? Que l'abbesse était vivante. Oui elle vivait, elle parlait, respirait, elle se mouvait tout en moi et hors de moi, dans le quotidien et ses buées à la seconde même, et dans mes gestes, dans le rêve, dans le sommeil, l'absence et le désir de Dieu.

Aux premiers jours de son agonie, j'avais pu croire qu'un secret avait foré un puits obscur dans le cœur et la chair de cette femme aimable et noble entre toutes. Puis j'avais reconnu mon erreur, et que si quelque secret s'était logé dans ces profondeurs, c'était Dieu Lui-même et son règne, le cœur de Dieu, lumineux, sanglant et solaire, dans la nuit de son être charnel. Fibre et chair porteuses du Christ dans l'enveloppe que la mort défera !

Mais d'où me venait le remords, en même temps que la vigueur neuve qui me gagnait, de me sentir responsable de la mort de Canisia ? Plusieurs jours je me représentai ma dette envers elle, que je n'avais pas su mettre à l'abri de la maladie, que j'aurais dû faire soigner contre sa volonté en lui imposant le traitement que les médecins avaient dit. Sa mort solitaire à la Colline avait éveillé des soupçons. Je fus interrogé à nouveau par la police judiciaire, menacé de poursuite pour non-assistance à personne en danger de mort. L'enquête tourna court lorsque je produisis une lettre de l'abbesse attestant qu'elle refusait sereinement de se voir prodiguer aucun soin.

Il me fallut tout l'hiver pour prendre conscience que mon remords tenait à ma pauvre et naturelle imperfection. Indigne de prier, dit le pécheur devant l'autel. Indigne de Te consommer ! Et moi précaire, incapable, indigne d'accompagner au jour de sa mort l'élue qui entre dans l'éternel.

Lors de la cérémonie funèbre dans la petite église de Berlens, j'avais cru voir le visage de Canisia dans le vitrail de l'Assomption, à l'est du chœur, où la lumière des campagnes irradiait comme la figure de la sainte quand elle était parmi nous. De retour à la Colline, ayant allumé du feu dans la cheminée de la salle d'accueil, j'avais cru voir se dresser le corps de l'abbesse dans la flamme qui montait de la brassée de pin. Les jours suivants, la pluie tombait, et je croyais voir le corps de Canisia dans les colonnes d'eau lumineuse entre les nuages. Ou dans la rue, telle robe de toile un peu ample sur un corps souple, silhouette voluptueuse et grave, d'une femme désirable dont j'emboîtais le pas un instant en croyant retrouver Canisia. Ainsi je la rencontrais, ou la voyais, ou la souhaitais sans cesse au cours des semaines qui avaient suivi l'office de Berlens. Et je savais trop que c'était d'une autre vie que vivait l'abbesse Canisia, dans cet ailleurs bienheureux où je ne pensais plus qu'à la rejoindre !

A la fin d'une nuit de décembre, je m'éveillai dans l'étrange trouble d'un rêve que je venais de faire, où je revivais avec l'abbesse une étreinte qu'elle aimait, couchée sur moi et m'emprisonnant le visage dans ses cuisses, son sexe pressé sur ma bouche qui la buvait et l'aspirait, hostie et vin du calice offerts dans la même offrande exténuée de bonheur. Canisia ! m'étais-je écrié dans la lumière déjà blanche qui venait de la fenêtre, et la mélancolie du *jamais plus* m'avait doucement étranglé au lieu du souffle chaud et des poignantes caresses de la sainte. Canisia ! Mon cri sortait de mon désert et y retournait. Dure solitude, à personne avouable, pareille à celle du damné qui n'a plus rien à remâcher devant l'issue.

Noël, janvier, février, jours de neige insupportablement éblouissante où chaque parole pas prononcée, chaque mot dit, chaque bruit appelle et fouille la mémoire, si long écho du même nom toujours crié et prié.

Depuis j'attends. Je me dis parfois que la pire surprise serait que Canisia n'ait jamais existé, ou que j'eusse imaginé son histoire sous l'effet d'un mirage du diable, et mon témoignage serait un blasphème dont je fusse comptable au retour du Christ. Ou que j'eusse vécu une autre vie très loin d'Aloysia Pia Canisia Piller, sans rien connaître de son existence réelle et de son élection en Dieu. Parfois je me dis que la pire punition de l'avoir aimée comme une femme, serait de la voir réapparaître dans les yeux et le sexe des femmes que je pourrais encore aimer.

« Hâte-toi, mon Dieu », avait murmuré Canisia au moment de sa mort. Je me répète ces paroles en pensant à ma propre fin. Quel temps m'est attribué, peu m'importe, Tu le sais, pourvu qu'au terme j'entre dans Ton rêve auquel j'ai cru.

DEUXIÈME PARTIE

I

Aujourd'hui je regarde ces événements, je me demande en quoi ils m'ont transformé jusqu'à me faire celui qui les relate ici, dans la retraite où il s'est absenté du monde depuis la mort de la sainte.

Qui était Canisia Piller ? D'où venait-elle vraiment ? Pourquoi avait-elle été choisie dès l'enfance, comme je le sais et le crois, ou la grâce lui est-elle venue à mesure que Dieu se révélait à son esprit ? Les saints ne savent pas qu'ils sont saints et ils marchent vers leur apothéose, quoi qu'il advienne ou soit enlevé, dans l'absolue stupeur du Tout.

Un an après la mort de Canisia j'avais quitté la Colline malgré mon attachement à ce lieu et à la tombe de la sainte, j'avais même quitté Fribourg et m'étais retiré à la limite des terres à vin, au-dessus du lac Léman, dans un arrière-pays de collines et de carrières au bord du petit lac de B., où quelques fermes sont toujours à louer ou à vendre, sans doute parce que le climat y est flou, solitaire, légèrement brumeux, en tout cas très en contraste avec celui du bassin rhodanien et lémanique. Un air souvent chargé de vapeur, un tremblement de la lumière qui hésite sur les crêtes avoisinantes et se reflète inégalement dans le petit lac de B., naguère encore très prisé des amateurs de solitude et de rêverie loin des villes. J'use à nouveau de l'initiale pour parler du lac de B., je n'ai pas envie que ce désert soit trahi par une indiscrétion de mon récit. A plus forte raison, c'était un prêtre de mes connaissances qui m'avait donné cette adresse en me recommandant le silence. « On ne sait jamais, avait-il murmuré, Dieu peut y appeler d'autres amis... » Quittant Fribourg, dès que j'avais vu le hameau de B., quelques fermes patriarcales au bout de ce lac retiré dans son vallon, « voilà mon vallon de Port-Royal », m'étais-je écrié en moi-même, et j'avais eu la chance d'y louer le jour même un bel appartement dans la maison dite elle aussi Le Vallon, la plus grande demeure fermière de l'endroit. Là peu de livres, peu de papiers, quelques cahiers pour tenter d'écrire sur Canisia et de vivre toujours plus justement dans son souvenir.

aux connaissances qu'on avait donné cette adresse et m'a recommandé le silence. [illegible] jamais, a-t-il murmuré. Clef pour [illegible] d'autres amis, [illegible] des [illegible] de [illegible] [illegible] [illegible] dans [illegible] mon val- lon de Port-Royal [illegible] la chambre [illegible] tous, le sien même un bel appartement dans sa maison [illegible] Le Val- [illegible] grande demeure [illegible] de l'[illegible] de livres, pas de [illegible] petits [illegible] d'écrire par Camus et de [illegible] plus [illegible] dans son souvenir

II

Il y a une vertu, parmi quelques autres, que j'ai apprise de Canisia, c'est la vraie humilité. Avant elle je croyais être fort et infaillible, par elle je me sens nu, imparfait, toujours faillible à l'erreur. En même temps m'est venu l'orgueil d'avoir choisi mon exemple. Un orgueil pareil au secret, je le cultive dans la distance, un regard léger sur les êtres, mais sans méchanceté, sans mépris ; et autant que faire se peut, dans la distance de moi-même.

Les premiers temps de mon installation au hameau de B. j'avais pu me croire oublié du présent, ou plus agréablement, que je m'étais retiré dans ce vallon, à la pointe de ce petit lac perdu, pour essayer de faire taire en moi tous les appels, les échos, qui me reliaient encore au monde. Je vivrais là près de Canisia, et sa mémoire me nourrirait.

J'eus quelques jours pour déchanter. Dès le début je mesurai ce que l'absence, la solitude, pouvaient agiter dans mon cœur. Certes j'étais seul à la Colline, l'année qui avait suivi la mort de la sainte. C'était une solitude presque joyeuse si je la compare à celle que je subissais maintenant au Vallon, parce que la Colline était durablement animée par les gestes et la voix de Canisia, par sa brève maladie, son exemplaire mort, et j'avais tout loisir de me repaître d'elle dans ces lieux encore hantés.

Au Vallon la promenade seule me distrayait, et c'était encore une menace, je souffrais de ne partager l'émotion de ces lieux aimables avec aucun être digne de les recevoir comme j'en étais troublé. Comme si quelque chose de la vraie vie, toujours coupable et mortelle, se manifestait là sournoisement, regret, danger, sans doute aussi l'éveil du Mal, que je n'avais pas voulu voir ou entendre à Fribourg ni dans les semaines qui avaient suivi la mort de Canisia, et qui remuaient déjà sous le souffle du diable pour m'avertir de sa vigilance. Mais où est le diable pour qui dort dans le rêve de la sainteté ?

Le lac de B. est une perle grise dans des collines aux pentes basses. Sous la déclivité l'herbe est plus verte, son reflet colore l'eau de la rive d'une teinte mouvante, printanière, qui trompe jusque dans l'hiver. Par temps de vent, le lac se soulève en longues barres qui font comme une houle contre les prés, la pluie l'aplatit dans le blanc brillant. A l'ouest, des roseaux, une ligne boisée contre la route de Vevey, à la pointe sud un café-restaurant tenu par une famille grecque, ce qui accentue le dépaysement du promeneur de ces rives nues.

III

Le propriétaire qui me louait mon appartement, M. Verdier, avait mis à ma disposition son intendante et une petite bonne assez fine qui vaquait à la cuisine, à la buanderie, et cueillait les fruits du jardin. En la suivant dans l'enclos je vis qu'elle s'occupait aussi des légumes, variés et très prospères, dans les alluvions du lac.

La petite bonne s'appelait Lydie, l'intendante Mme Grivet. C'était une grande femme autoritaire, le visage beau, les manières silencieuses. Curieusement, dès notre première rencontre, j'eus l'impression d'avoir déjà vu ce visage quelque part. Ou lui trouvais-je une ressemblance avec quelqu'un que j'avais connu ? Une désagréable impression, qui m'occupa un long instant comme un scrupule, et que je fis taire pour garder ma tranquillité. Mme Grivet ne disait presque rien, elle imposait sa volonté par des gestes brefs, un regard, une inclinaison de tête à quoi on avait envie d'obéir pour mériter le bien-être qu'elle ne manquerait pas de nous vouer. Je crus avoir gagné sa sympathie, le premier jour déjà, alors qu'elle me montrait ma chambre, en m'opposant à l'enlèvement d'un petit crucifix d'ivoire à la tête de mon lit.

— Le précédent locataire s'en était plaint. Puis s'était déclaré... gêné. J'ai dû garder le Christ dans un tiroir tout le temps qu'il était chez nous. Si monsieur le demande, je ferai de même pour lui.

— Mais non madame, s'il vous plaît, laissez ce crucifix où il est. Ah je crois bien, là, juste au-dessus de mon sommeil, qu'il ne pourra me faire que du bien.

Marie Grivet. Celle qui dirige. Et qui regarde en silence.

Lydie Buis. Caille bien rôtie. Herbe trop verte. Petite fouine du diable.

J'écris les noms des deux femmes, c'est à vrai dire à peine utile : je sais que je ne pourrai les oublier, le peu que je vivrai encore, puisque toutes deux ont assisté, à leur façon contribué, à ma chute et à ma honte.

Voilà comment se passent les choses. Au bout de la première semaine déjà, comme je m'ennuie visiblement à me promener seul autour du lac ou à errer dans le petit bois de la rive, Mme Grivet me plaisante sur mon air triste et commence son jeu tentateur.

— Vous n'aimez pas notre cuisine, dit-elle en se penchant sur moi, et ses yeux me sondent, des yeux qui voient étrangement jusqu'au fond de l'âme. Vous touchez à peine aux plats !

— J'aime beaucoup votre cuisine. Pardonnez-moi si je mange peu. Je suis encore sous l'effet d'un deuil.

Quelques jours passent, ou quelques heures, le temps est élastique au désert.

— Et ces promenades, susurre Mme Grivet au regard toujours perçant. Ne pensez-vous pas que vous devriez vous faire accompagner dans vos longues marches ?

— J'aime ce vallon. Je l'ai choisi parce qu'il est solitaire, assez secret, j'y fais mon deuil, ou je m'y exerce autant que je peux.

Curieuse façon de répondre à une employée. Comme si elle avait pouvoir sur moi ! Et son patron, mon propriétaire, le richissime M. Verdier, est-ce qu'il lui parle aussi poliment ? J'aurai bientôt l'occasion de découvrir comment le tient cette femme de fer.

— Et votre table, au salon, couverte de livres que vous ne lisez pas ! De journaux que vous n'ouvrez pas !

Je dois convenir qu'elle a raison. Cette femme qui parle si peu, qui va et vient en silence dans le silence de la maison, sait mon désarroi et mon trouble. Pourquoi suis-je incapable de surmonter l'espèce de bonheur où je suis de lui apparaître indécis ? De faire comme si j'étais redevenu l'adolescent qui a toujours percé sous mon masque d'homme, j'en suis aujourd'hui persuadé, ou l'enfant triste, gavé de leçons et de livres, prêt à se laisser aller au pouvoir de toute rencontre au fond de son repaire ?

Ce dont je ne suis pas moins sûr, c'est que Mme Grivet connaît exactement mon état. Qu'elle l'a perçu le premier instant de mon arrivée au Vallon. Et que la dépendance où je suis d'elle, et de la petite fouine Lydie, a été voulue par elle au moment même où elle m'a vu.

Quoi qu'il en soit le vallon est beau et frais. Je n'y croise personne à part mes hôtes. Le petit lac est attirant et variable. Solitude, abandon à moi-même dans le souvenir d'une sainte de Dieu, après tout c'est ce que je suis venu chercher dans cette retraite !

IV

On pourra s'étonner que l'ami de Canisia, et peut-être même son disciple, si l'objet de sa dévotion était son lumineux exemple, ait pu tomber si vite dans la domination que j'avoue ici. Qui était vraiment Marie Grivet, cachée dans sa fonction d'intendante, elle qui tirait les ficelles au domaine Verdier ? Son maintien, son autorité, la beauté de sa figure, son silence même en faisaient un personnage central et énigmatique, puisque rien de sa conduite ou de son propos si rare n'avait pu la trahir pendant ces premières semaines.

Plus tard je découvrirai qu'elle rejoint assez souvent le gros Verdier dans son appartement bouclé à double tour, elle en ressort le visage absent et rougi par les baisers du vieillard. Bonne façon de le dominer, ainsi d'assurer son règne.

Pour l'heure j'avais cru remarquer une certaine complicité entre elle et la petite Lydie. Rien d'appuyé. Mais comme un sourire, et mieux, un sourire des yeux, qui leur venait en se regardant. Et j'aimais croire que ces deux-là s'entendaient ailleurs, et à autre chose, qu'à leur service quotidien.

Ces vétilles auraient dû m'indifférer. N'étais-je pas venu me cacher dans ce vallon pour y vivre une retraite aussi austère, aussi sereine et fondée en reconnaissance de la sainteté de Canisia, que celle que le vallon de Port-Royal proposait à ses Solitaires ?

A Fribourg, il y avait une dizaine d'années, le grand ouvrage que Sainte-Beuve leur a consacré m'avait enthousiasmé et aiguisé. Et les écrits de Monsieur Arnauld, la conversion de Mère Angélique, M. de Saint-Cyran, M. Hamon, M. de Saci, et la chronique de M. Lancelot, où tant de pures figures brûlent dans l'ombre humide de ces lieux étroits. J'avais été frappé par l'insalubrité des Petites Ecoles et des maisons, par les maladies que l'inconfort faisait subir à ces saints. Et moi, me disais-je, je souffrirais de ma solitude après quelques semaines déjà ?

Ah j'étais loin de ce que M. de Saint-Cyran proposait comme premier précepte aux Solitaires, cet heureux anéantissement de soi qui fait, raconte Lancelot, « que Dieu anime toutes nos actions, et qu'Il commence d'être ici-bas tout en nous, comme Il le sera dans l'autre monde ».

Mais l'homme est plein de niaiserie, disait aussi M. de Saint-Cyran, elle l'ensorcelle jusque dans la solitude. De sorte que, séparé du monde, il s'occupe trop de lui-même, se multiplie, se divise, moins seul dans ce triste état qu'il ne l'était dans le bruit de la foule. C'est exactement ce qui m'arrivait les premiers temps de ma retraite au Vallon.

J'étais donc incapable d'endurer la moindre des épreuves que s'imposaient les hommes et les femmes dont je souhaitais suivre l'exemple. Oubliant même la solitude de Canisia à la Colline avant notre rencontre et le temps qu'elle avait passé dans sa retraite de moniale au couvent de la Maigrauge. Au lieu de quoi je me distrayais de la mienne à suivre le manège de deux créatures qui avaient plus souvent affaire aux séductions du Malin, je m'en convainquais maintenant à quelques bruits, soupirs, gémissements, passages nocturnes dans les corridors de la demeure dont je n'occupais qu'un étage, qu'au respect de Dieu et à ses œuvres.

V

J'étais attiré par les femmes bien avant ma rencontre avec Canisia. Dames et demoiselles de tout âge et de toute condition, qui établirait une hiérarchie entre de superbes arbres ? Entre des corolles nacrées, des yeux beaux, des peaux, des sommeils à choyer ? Encolures, chevelures, plages lisses, passages secrets sous tant de grâce, j'avais besoin de l'odeur des femmes, je vouais une grande part de ma paresse à leur trouble et au mien.

Les années que j'avais passées auprès de la sainte avaient concentré sur elle, en elle, l'aimantation que son esprit, son corps, son sexe, exerçaient sur mes sens aux aguets. Vite énervé dans ma chair, soumis à la puissance des corps comme à mon imagination très active, le plaisir ne me fatiguait pas, j'aimais aimer, et j'étais curieux de mes amantes avec la sagesse de qui ne prétend pas thésauriser ou enfermer.

Je dois reconnaître aussi que je trouvais dans la compagnie des femmes un refuge contre l'arrogance du monde. Les choses de l'amour dispersent vite les futilités de l'apparence. Rien n'est moins menteur qu'une étreinte, rien moins jouable que le désir, et même les exercices de simulation ne résistent pas à une oreille assouplie et attentive. Ainsi je fuyais le siècle et son théâtre appauvrissant dans les bras de mes compagnes, ou plutôt leur chair humide était-elle une ombreuse demeure à moi ouverte, et close aux vanités du dehors.

J'ajoute, à cette vertu de distance,

que l'amour des femmes avait aussi sur moi un vrai pouvoir d'anéantissement. Comme si je me dissolvais, curieusement défaisais de moi-même une part que je souhaitais abandonner parce que trop liée encore au bruit, au bâclage, à l'insolence et à la fatuité de mes semblables.

Dans l'amour des femmes, je me débarrassais donc d'une figure de moi que je ne tenais pas à entretenir ou flatter. J'aurais pu en revanche, et comme un prix à payer pour tant de plaisir, parfois de bonheur, aggraver de quelques remords toutes les heures que je consumais si heureusement auprès d'elles... J'avoue qu'il n'en était rien. Je n'ai jamais ressenti aucun remords, ni honte, ni aucune forme de culpabilité, pour ce que je venais de faire ou de vivre avec mes compagnes. Tout au contraire le plaisir que nous prenions m'abritait des glorioles de la société, me laissant seul habitant de la meilleure partie de moi-même. Avec une sérénité qui me faisait meilleur maître de moi, — et moins distrait témoin de Dieu.

On comprendra, dans la solitude du vallon de B., que je me découvre hanté par le désir de ce que j'avais pensé fuir une fois pour toutes en m'absorbant dans la seule pensée de Canisia. Car la sainte même, à peine entreprenais-je une promenade, une lecture, ou quelque méditation sur elle dans la petite chapelle toujours vide du hameau, soit encore que je l'imagine, désœuvré comme j'étais, les bras ballants, incapable même de prendre la plume pour noter les impressions qui me venaient à son souvenir exténuant, aussitôt je retrouvais son corps suave, son odeur doucement âcre à ma narine et à mes nerfs, comme un encens qui insiste tard après le dernier office en longs effluves apaisants et irritants de regret.

— Mais le corps d'une sainte, monsieur, et vous n'en avez pas honte !

Non, je ne me reprochais rien, ces heures entières où je déambulais, la tête et le corps échauffés par le culte d'une femme que j'avais perdue et qui m'avait donné ce que le Ciel et la terre ont de plus précieux.

Plût à ce même Ciel que je sache m'absorber dans l'étude, ou la balade, ou plus simplement dans la prière, vu mon état de témoin de Dieu et ma familiarité des choses sacrées. Mais comiquement j'étais plus indécis au Vallon que je ne l'avais jamais été dans la foule bruyante de Fribourg, ou plongé dans le suc de mes amantes, offrant ainsi au démon de l'imagination et au souvenir amoureux de Canisia une cible dont je savais qu'elle ne résisterait pas longtemps aux traits de lave et de braise qui l'accablaient.

VI

J'en étais là de mes soucis quand la stratégie de Mme Grivet me fut dévoilée par une indiscrétion de Lydie, la petite bonne, qui s'attardait souvent à mon étage et traînait à ranger le désordre de mon appartement. Comme si elle souhaitait établir une relation plus familière avec le solitaire de ces lieux. Je devais être une proie facile, désœuvré, sans attaches apparentes, à rôder de-ci de-là en rêvassant !

Mais Lydie avait dû recevoir des instructions bien précises de Mme Grivet. D'abord de ne pas m'effaroucher. Ni me heurter. Un endeuillé doit être plus adroitement approché qu'un aventurier notoire !

Ensuite me tenter. Attirer mon attention par toutes sortes de badineries, de menues audaces, puis d'indécences capables de m'intéresser, de me captiver et de me faire perdre la tête jusque dans le piège où la perversité de cette dame avait décidé, pour son plus grand amusement, de me prendre et de me perdre.

Dans cette vilaine manœuvre, Lydie se montra d'une aide exemplairement docile et rouée. Au point qu'au bout de quelques semaines déjà ses visites, je ne peux pas dire son service, avaient acquis pour moi un charme tel que je les attendais, les souhaitais, les revivais des heures entières avec une impatience croissante. Puis-je même parler de désir ? C'était de l'exaspération. Et une brûlure. Oui, c'est cela, j'étais exaspéré par mon envie de la toucher, de la respirer, de plonger mon visage en elle où brûler et m'abîmer.

En même temps cette envie m'enrageait parce qu'elle m'assujettissait à une effrontée, et je me représentais le ridicule d'un homme de mon âge, et de mon intelligence des êtres et des choses en Dieu, rapetissé à l'état de caniche lubrique. La gamine le comprenait et multipliait les scènes où me provoquer et me réduire. Ainsi laissant la porte ouverte lorsqu'elle allait aux toilettes et je l'entendais uriner, s'essuyer, se rhabiller, mourant du désir de la surprendre et de me livrer avec elle à quelque petit jeu liquide et bien apaisant. Ou encore, vaquant à mon ménage de célibataire, comme elle prétendait avoir chaud, elle enlevait son mince blouson, apparaissait les épaules nues et me forçait à regarder son ventre luisant, ses seins pointant leur aréole dans le coton tandis qu'elle bougeait, allait, revenait, dansait autour de moi une danse nerveuse, souple, qui me soûlait comme un arôme. Ou je la trouvais renversée dans un fauteuil, les jambes écartées, à faire une pause, riait-elle, dans les fatigues de son travail. Elle savait se moquer de moi et je laissais faire, fâché de ma faiblesse, humilié, maladroit à m'esquiver, tout le temps que m'aimantait sa culotte étroite et gonflée entre ses cuisses lisses. Ou je la surprenais sous la douche au retour de ma promenade, la porte de la salle de bains grande ouverte comme celle des toilettes en d'autres occasions, et elle poussait l'effronterie jusqu'à me demander de lui apporter le sèche-cheveux ou la serviette.

Pauvre de moi ! Ma honte augmentait, dans mes moments de lucidité, à me rappeler que je m'étais retiré dans ces solitudes pour y mener une vie de reconnaissance et de souvenir. Et j'avais osé comparer ma retraite à celle des saints Solitaires, et mon vallon à leur vallon de Port-Royal ! En vérité j'avais cédé aux premières tentations, à l'imagination, puis aux appâts qu'une délurée faisait miroiter à mon regard pour me faire tomber dans les filets d'une plus coriace. Je n'avais pas l'œil des Messieurs de Port-Royal, ni leur âme ferme, ni la trempe de leur corps quand ils sondaient la vie, la mort, au fond de leur repaire menacé ! Ni le cœur de leur élève Racine à les révérer et chanter !

Racine sur Monsieur Arnauld :

Arnauld vient de finir sa carrière pénible.
Les mœurs n'eurent jamais de plus grave censeur,
L'erreur d'ennemi plus terrible,
L'Eglise de plus ferme et plus grand défenseur.

Et sur le vallon :

C'est là qu'on foule aux pieds les douceurs de la vie,
Et que dans une exacte et sainte austérité,
A l'abri de la vérité,
On triomphe des traits de la plus noire envie.

Triompher, vaincre, dominer, un pâle sourire me venait quand je relisais les vies de ces témoins, et des martyrs, et des élus si dignes d'hommage. Moi j'avais été volé de Canisia, et je me rendais compte jour après jour avec plus d'angoisse, privé de la présence réelle de la sainte, qu'un autre visage de moi-même était en train d'apparaître, qui me faisait peur et vergogne d'être reconnu pour ce que j'étais : pusillanime, plein de doute, vite tenté et enclin au mal. J'en venais à penser que la mort eût mieux fait de m'enlever à la place de la sainte, elle m'aurait épargné le spectacle que je me donnais maintenant continûment, au lieu de ma piété au Vallon, de ma propre déchéance et de mon regret.

Je m'étais remis à boire trop de café, à me doper à l'aspirine et à divers excitants, dont les tristes amphétamines, ce que je ne faisais plus depuis ma rencontre à la Colline en avril 1980. Je lisais à nouveau des livres profanes dont j'allais m'approvisionner dans les librairies de Fribourg. Et je l'avoue à ma honte, ces fréquentes descentes en ville étaient aussi l'occasion de quelques haltes dans certaine rue où je payais les services de deux ou trois prostituées dans la même semaine. Pitié de moi pauvre pécheur. Ces filles n'étaient pas belles, boudinées, rougeâtres, ce qui augmentait mon malheur, quand même je tirais une joie mauvaise à prendre du plaisir dans des bouches que j'eusse trouvées très disgracieuses et assez sales si je me fusse mieux porté. Une seule d'entre elles était jeune, mince, un peu l'allure de Lydie, et j'essayais de l'avoir à moi autant que sa clientèle le permettait. Il m'arrivait d'attendre plus d'une heure qu'elle fût libre pour enfin salir sous sa langue, et ainsi anéantir, le pouvoir de la vraie Lydie sur moi. Hélas rien n'y faisait, la petite perverse du hameau de B. résistait à mes ruses, l'innocente, la petite employée du richissime M. Verdier et de la silencieuse Grivet ; et je rentrais chez moi penaud, l'œil bas, mais sûr de rencontrer le regard entendu et ironique des deux femmes et de l'honnête Verdier.

Il devenait urgent de faire le point. Urgent de mettre un terme à cette période d'errance déshonorante. J'eus recours à saint Thomas comme il m'était arrivé de le faire avant de rencontrer Canisia. Un soir, fin mai, où je ressentais un dégoût aggravé de moi-même après tout un après-midi de débauche dans la sale ruelle de Fribourg, j'ouvris au hasard la *Somme* et je tombai sur cette phrase : « Dieu est l'objet unique de cette vie. » Aussitôt le vide lumineux se fit : d'un coup, comme agit l'effet d'une piqûre qui vous expédie dans un état inconscient proche de la mort, je fus tout au contraire rappelé à la vie par la petite phrase du saint, la lumière inonda mon être et je remerciai Dieu, et sans doute l'intercession de la sainte de la Colline, de m'avoir permis de renaître à moi-même après l'engluement et l'erreur.

[illegible]ssentais un dégoût aggravé de mor-
[illegible] après [illegible] un après-midi de
débauche dans la salle [illegible] de Fri-
bourg, j'ouvris au hasard la Somme et je
tombai sur cette phrase : « Dieu est
l'objet unique de cette vie. » Aussitôt le
vide lumineux se [illegible] d'un coup
comme [illegible] l'effet d'une piqûre [illegible]
[illegible] dans [illegible]
[illegible]
[illegible]
[illegible]
[illegible] Dieu et [illegible]
[illegible]
de m'avoir permis de réduire à [illegible]
[illegible] après l'exaltation [illegible]
[illegible]

VII

La nature fut alors d'une beauté extraordinaire. Les prairies, les bois, le petit lac qui reflète le ciel, tout ce paysage me fut offert comme un fragment de paradis où me préfigurer bienheureux.

J'aime l'idée que la terre reflétant le ciel se mire à son tour dans la voûte céleste. On la trouve chez Dante et chez les romantiques allemands. Me promenant ou m'asseyant sur un banc, au bord des eaux argentées qu'entourait l'herbe des rives en couronne brillante, je songeais à mériter cette splendeur venue de *l'ailleurs* qui me fait vivre. Apaisé, sûr de mon nouvel état, je mesurais mieux l'étroitesse des mauvais mois que je venais de traverser. Et surtout je m'interrogeais. Comment avais-je pu céder, moi qui m'étais enrichi et fortifié plusieurs années au contact d'un être d'exception, moi sage, comme on devient prudent et sage à connaître les ruses du démon et à élever son âme à la claire flamme d'une sainte, comment avais-je pu subir l'attrait d'une gamine manœuvrée par une petite intendante provinciale ? Et je ne me souvenais qu'avec plus de méfiance des tours de la fantasmagorie sexuelle et de l'imagination des corps.

Je demeurais de longues heures à m'imprégner de la beauté de ces rives calmes, réfléchissant sur ce qui me restait d'existence pour célébrer et louer celle qui m'assistait à nouveau dans la certitude de l'éternité. Puis je rentrais chez moi par un chemin dérobé que je nommais pour moi seul « le chemin des oiseaux roses », parce qu'une multitude de rouges-gorges s'envolaient à mon passage des talus et des haies qui le bordaient, allumant des traits de braise devant la forêt voisine. Et bientôt retiré dans ma chambre, retrouvant mes livres de méditation, je savais que rien ni personne ne me ferait plus douter de la seule voie que je suivrais désormais jusqu'à ma mort.

« L'Evangile est une loi inscrite dans le cœur », dit saint Thomas, que je relisais en me demandant si cette loi habitait le mien. Force m'était de constater que sans la grâce ou le recours de quelque illuminante assistance, j'étais décidément incapable par moi-même de faire le bien. Et je prenais la décision de m'en souvenir quoi qu'il arrivât.

[illegible] » parce qu'une [illegible]
de longues [illegible] m'avaient [illegible] mon
passage des [illegible] et des barbares qui le bor-
daient, allumaient des [illegible] de [illegible]
devant la force [illegible] entre
dans ma chambre, retrouvant mes livres
de [illegible] je savais que rien ni per-
sonne ne me [illegible] plus douter de la
seule voie que je suivrais [illegible]
qu'à lui mort.
[illegible] c'est que dans
[illegible] qui [illegible]
[illegible]
[illegible]
que [illegible]
quelque [illegible]
[illegible]
de [illegible]
de mon [illegible] qu'il arrive.

VIII

Une nuit pourtant, dans ma chambre, très tard, je luttais contre le sommeil à ne rien faire d'autre que tenter de relire un ouvrage cent fois ressassé, je fus surpris par un coup léger frappé à ma porte. D'abord je crus que j'avais rêvé, à demi assoupi je ne me levai pas, n'ouvris pas, et je dus m'endormir aussitôt sur mon livre parce qu'un deuxième coup fut frappé, plus fort celui-là, et qui m'irrita. On n'allait pas me tirer de ma quiétude en pleine nuit pour me demander Dieu sait quel service ! Je me couchai sans plus y songer et m'endormis presque en paix.

Le lendemain matin je n'y pensais

plus lorsque Lydie, à la salle à manger, profitant d'une distraction de Mme Grivet, s'approcha souplement de la table où je prenais mon petit déjeuner et me regarda de l'air sérieux qu'elle montrait depuis que j'avais échappé à ses comédies.

— Monsieur, il faut que je vous parle.

— Eh bien parlez-moi, chère Lydie. Mais vous avez l'air troublée.

— Monsieur... je ne peux rien vous dire ici. C'est trop grave. J'ai voulu vous avertir cette nuit, c'est moi qui ai frappé à la porte de votre chambre mais vous n'avez rien entendu, ensuite j'ai pensé que vous étiez ailleurs dans votre appartement, j'ai guetté la lumière aux fenêtres... Il faut absolument que je vous parle.

— Et pourquoi maintenant ?

— Parce que j'ai peur. C'est grave, je vous dis. Mme Grivet peut rentrer dans la pièce à tout moment.

Mme Grivet ? Je commençais à comprendre. Ou plutôt à me rendre compte que ma méfiance à son endroit était fondée. Je questionnai la gamine.

— Mme Grivet ? Tu ne pourrais rien dire devant elle ?

— C'est elle qui vous veut du mal. Se venger de vous, comme elle dit.

— Je ne lui ai rien fait !

— Cela tout le monde le sait. Mais elle raconte que vous lui avez volé sa sœur, et qu'elle doit vous le faire payer.

— Sa sœur ? Mais grand Dieu, quelle sœur ?

— Mme Grivet était la sœur de Mme Canisia Piller. Celle que tout le monde appelle la sainte. Elle dit partout que vous avez grugé sa sœur, que vous vous l'êtes appropriée, que vous l'avez enlevée à sa famille, rabaissée, exhibée, souillée... Est-ce que je sais, moi, tout ce qu'elle dit encore. Elle est jalouse de vous, elle vous hait, elle va se venger, ça c'est sûr. L'autre jour elle a même dit : « C'est le moment. » Voilà pourquoi j'ai essayé de vous avertir cette nuit.

Etonnée d'avoir parlé, Lydie restait plantée devant moi, je la renvoyai d'un geste sec, j'avais besoin de digérer ma propre stupeur dans une apparence de paix. Mme Grivet, la sœur de Canisia. Ça se tenait. La sainte était morte en 2003, à soixante-trois ans. A sa naissance, en 1940, sa mère avait déjà six enfants : rien n'empêchait qu'il en fût né d'autres au cours de sa petite enfance. Je ne pouvais pas tout savoir de son état civil ! Mme Grivet n'était pas à la cérémonie funèbre, de cela j'étais certain, je l'eusse reconnue tout de suite, lors de mon installation au Vallon, à certaine beauté sensuelle et dominatrice qui marquait sa figure d'une empreinte inoubliable. Non, elle n'était pas à l'enterrement, ce triste jour, à Berlens, mais les cousins ou les neveux encore présents à la collation n'avaient pas manqué de poser d'assez dégradantes questions sur ce qu'ils nommaient les causes réelles de la mort de leur parente. Etaient-ils chargés par elle, Mme Grivet, de jeter déjà un doute sur ma relation avec la sainte ?

Je rêvais, je tentais de réfléchir, je délirais sur les liens de parenté de l'affreuse femme et de Canisia. Je commençais même à leur trouver une vraie ressemblance. Quoi qu'il en fût, je n'avais plus qu'à attendre que la dame se découvrît. Il y avait assez longtemps qu'elle essayait de me faire chuter en m'exposant au spectacle de sa créature. Pauvre Lydie qu'elle avait utilisée à ce mauvais jeu. Au reste, me disais-je pour me rassurer sur l'état d'âme de la jeune fille, la petite Lydie s'y était appliquée avec plaisir, même si je m'étais esquivé à temps de leur méchante combinaison.

Mme Grivet et son appeau... Les créatures du péché se reconnaissent entre elles dans les eaux claires et les eaux troubles. Et moi où étais-je venu barboter, dans quel étang plus que douteux, où j'avais cru élever mon âme et la nourrir d'espérance avant l'adieu ?

IX

Il faut croire que d'autres épreuves avaient été décidées pour moi dans un dessein de macération dont le pourquoi m'échappait. Qui marque le livre ? Qui décide ? Toute ma vie j'avais cru que c'était Dieu. Ce n'était pas le moindre pouvoir de ces deux goules, Mme Grivet et sa jeune disciple, de me faire douter de l'origine des causes en leur substituant quelque décision beaucoup plus terrestre et coupable.

Depuis que j'avais appris qu'elles étaient de même sang, je reconnaissais plus souvent, et je l'avoue, jusqu'au malaise, la parenté insistante de Mme Grivet et de sa sœur. Ce visage de

Canisia que j'avais scruté, fait revivre et cultivé dans mon souvenir, il m'arrivait maintenant de le surprendre par brefs passages dans celui de sa cadette ; comme si, par l'effet d'une ironie étrange qui m'énervait plus que je n'osais me l'avouer, j'étais désormais forcé de déchiffrer les traits de l'une dans les traits de l'autre. Ceux d'une morte révérée et rayonnante dans la figure d'une vivante dont je devais me méfier.

Une première épreuve, répétée plusieurs fois par jour, fut ainsi de subir la tête de Mme Grivet, et ses gestes, sa démarche, son silence, en m'efforçant de les dissocier complètement de Canisia. Un exercice voué à l'échec, je le savais, et la réapparition de celle que j'avais aimée dans toutes les manifestations de sa sœur avait quelque chose d'infamant contre quoi je ne luttais même pas. Et là était la seconde épreuve : que je fusse réduit à subir cette situation détestable sans avoir aucun pouvoir de la contrarier. M'en aller, fuir ces lieux beaux, abandonner les privilèges de ces solitudes ? Il fallait apprendre à résister à telle offense. Attaquer de front la persécutrice, c'était m'exposer au ridicule d'une scène où elle jouerait bien mieux que moi son rôle de victime. Quitter le Vallon, laisser la dame au plaisir de m'avoir chassé, je ne supporterais cette défaite qu'en ruminant une vengeance bien pire, en conséquences publiques et pénales, qu'aucun des désagréments que j'endurais quotidiennement depuis que la vérité m'avait été révélée par Lydie. Car je n'imaginais rien moins, dans mon délire de persécuté, que de bouter le feu à l'appartement de la dénommée Grivet, en souhaitant que cette personne brûlât dans les flammes que j'eusse allumées pour ma paix. Acte de foi. La purification par le bûcher. On voit que je réservais à la coupable une mort apostolique en lui assurant, par le nettoyage du feu, le rachat de sa méchanceté et une place moins dure dans l'au-delà.

Bien entendu je me reprochais ces divagations, et ce n'était pas la moindre de mes épreuves que de les cataloguer comme autant de signes d'une obsession qui eût pu tourner à la folie si je n'y eusse mis bon ordre. Maniaque, le locataire du premier étage, c'était bien l'opinion de M. Verdier, le propriétaire, en d'autres temps je me serais moqué de ce que le bonhomme pensait de moi et de ce que me rapportait Lydie. Les choses se compliquaient depuis que je savais que le vieux renard était président du Tribunal du district, juge aux Prud'hommes et conseiller aux Etats. Le bras long, M. Verdier, et le patron d'une assez ample clientèle politique. Je n'allais pas me le mettre à dos en me livrant à des sautes de vanité. Maniaque, moi ? Certes je repérais dans mon humeur des signes plus sombres à mesure que mes épreuves m'humiliaient. Cette rumeur qui entourait maintenant ma personne. Le harcèlement jusque dans mon appartement d'une petite mariolle à moitié nue. Le visage de Canisia dans celui de sa sœur. La sœur elle-même, influente, autoritaire, décidée à me punir d'un crime que je n'avais pas commis. Mais je choisis de me contenir, aimable, dissimulé, jusqu'au jour de la vérité. « Le Christ viendra comme un voleur dans la nuit », ne cessais-je de me répéter en me souvenant de saint Paul. J'aimais cette surprise, ce puissant choc frappé par Celui qui pénètre par effraction, ou par la douce insinuation de Sa lumière, dans la demeure de l'ombre, du vice ou de l'indifférence à Sa loi.

X

Je commis la faute de me substituer à Lui pour accomplir ce que je croyais être exclusivement cette loi juste. Beaucoup d'assassins se prennent pour Dieu au moment de perpétrer leur meurtre. C'est une effrayante erreur : j'étais du côté de Dieu et j'ai choisi le camp de Satan pour satisfaire mon orgueil.

Un homme peut-il devenir en peu de temps l'exact contraire de ce qu'il a été toute sa vie ? Y a-t-il une trame cachée, un invisible et pervers travail souterrain qui ronge l'âme de cet homme, ou qui l'habite à son insu, ressurgit malgré lui à la faveur d'une épreuve, fait éclater au grand jour les forces mauvaises qui le minaient ? C'est la part de l'obscur et du secret. Satan y veille, attend son heure.

Mon ancienne curiosité des femmes n'explique pas tout, ni que j'eusse été si fortement tenté par les provocations de Lydie, ni que j'eusse à plusieurs reprises cédé à la chair dans mes débordements de Fribourg, depuis que j'avais cru me retirer au Vallon. Ni davantage ma curiosité de Dieu que Canisia, j'en suis certain aujourd'hui, changea en véritable amour tout le temps qu'elle était de ce monde. Si je lie ici la chair des femmes et le divin, on va le voir bientôt dans une regrettable évidence, c'est que l'attrait sexuel qu'exerçait sur moi la petite bonne et mon besoin de sainteté entretenu par le culte de Canisia, rayon de Dieu, femme bénie entre toutes les femmes, se mêlaient maintenant dans ma tête brouillée, dans mes sens, mes sommeils, mes images, de façon inextricable et brûlante. Je sortais de chez moi et me dirigeais vers le lac désert en pensant y trouver un apaisement. Le désert se remplissait de voix dès que j'arrivais sur sa rive et le vent qui soulevait légèrement la surface miroitante, l'écho de mon propre pas dans ma tête ou les oiseaux aux cris aigus dans les taillis, toute cette rumeur m'accablait d'appels et de sollicitations. « Attrape Lydie », disait le bruit. « Fais-lui subir ce qu'elle mérite. » Je luttais contre le désir de suivre immédiatement ce conseil, je savais que la petite n'hésiterait pas à m'obéir où je voudrais à ma première invitation. Puis je parvenais à poursuivre ma balade, à revoir le paysage, à écouter à nouveau les oiseaux de façon presque normale. Mais ma promenade ressemblait à une fuite et je devais essayer de prier pour refaire un peu d'ordre en moi.

— Dieu, disais-je, Tu sais que je ne

veux que le bien de Tes créatures, et leur salut, et leur gloire dans l'éternité de Ta gloire. Dieu, Tu sais que je ne veux pas le mal de cette Lydie qui ne sait pas ce qu'elle fait.

Mais Dieu se taisait, il fallait peut-être que je lui parle de moi pour l'intéresser à ma cause.

— Dieu tout-puissant, poursuivais-je, Dieu aide-moi. Dieu de pitié. Dieu aide-moi. Si jamais Ta créature a eu besoin de Ta pitié c'est ici, c'est maintenant dans son pauvre corps, son âme tentée, que Tu dois te manifester.

Encore le silence. Et j'avais la certitude que derrière la colline, petit mont presque violet qui plonge harmonieusement dans le lac, et dans l'air si fin, si lumineux à se refléter dans l'eau claire, et dans les buissons et les branches où sifflaient les merles, Satan riait de ma déconvenue et guettait le moment d'entrer dans le jeu.

En même temps, par l'effet de mon imagination exaspérée, je voyais distinctement Lydie au pied d'un bosquet de hêtres ou de mélèzes, jeune fille aux jambes ouvertes dans le fin gazon de la prairie, j'approche ma bouche de son sexe, mon visage entre en elle et fond dans la stupeur de sa plainte. Mon Dieu fais que je ne sois pas damné par de telles images. Mon Dieu Lydie est une enfant, je respire son odeur, je la mange, mon Dieu je bois à la source de l'oasis, je bois à la ruisselante fontaine au désert du diable. Ah le voilà encore, celui-là. Satan qui m'offre son camp. Arrière sale bête ! Tu sais que je ne suis pas à toi ! Pourtant je ressens un soudain et violent mal de tête, ma vue se brouille, une espèce de vertige me prend le corps à faire trembler le paysage, et je sais que le Mal gagne dans mon pauvre corps comme il ronge la création qu'il tente de reprendre à

Dieu. M'arracheras-tu à ma passion de sainteté, Ange d'en bas, ou m'as-tu déjà donné place dans ton armée avec les renégats et les fades ?

XI

— Dieu regarde-moi et interviens. Empêche-moi de commettre le mal. Dieu très haut, je vais commettre un grand crime si Tu ne viens pas à mon aide. Où es-Tu, Dieu qui Te tais ? Tu es en moi, et je le sais, mais en moi ce soir de septembre il y a aussi un terrible théâtre de sang et d'ombre et de tristes rayons traversent mon cœur. Langues de feu, flèches de soufre, je brûle, Dieu, je brûle de tuer quelqu'un, je brûle de tuer, d'immoler une jeune fille dont me ronge le désir et me consume jusqu'au pire trouble la présence à chaque instant. Ce matin déjà le soleil était chaud, j'ai surveillé la petite Lydie, elle étendait du linge au jardin et je voyais ses seins, ses hanches bouger et se tordre dans la lumière verte et rouge. « Je lui serrerai le cou et je serrerai encore, ai-je crié, hurlé dans ma tête, et elle s'endormira et je la coucherai dans l'herbe luisante. » Parce que l'herbe luisait Seigneur, ton herbe d'automne qui est plus fine d'avoir repoussé après les chaleurs de l'été. Seigneur écoute-moi ! Protège-moi de l'affreux tableau de la jeune fille étendue dans ton herbe et je la berce tendrement dans la mort que je viens de lui offrir. La mort pour la sauver de la faute. Rédempteur et assassin. Mon Dieu je pose la question et je connais la réponse. Qui veut de moi que je fasse le mal ? Seigneur empêche Satan de m'enrôler dans son camp. Seigneur j'ai lu les livres, je connais leur vanité. J'en ai eu besoin toute ma vie. Et je me promène dans la beauté de ton paysage, je sais que Satan s'amuse dans son repaire derrière la colline et son rire est déjà en moi. Immolation, se moque le diable, Tu dois l'entendre comme moi. Ou Tu n'écoutes pas l'ennemi ? Immolation. Le mot ne sort pas de ma tête. Je me souviens d'Abraham dardant sa lame sur la gorge d'Isaac, je me souviens du sacrifice de Ton propre Fils. C'était pour la bonne cause ? Seigneur je ne ris pas, pardonne-moi, Tu sais que c'est l'Autre qui rit dans mes images stupides. Mon Dieu ces images me font la guerre, je vais commettre un grand crime si Tu n'interviens pas. Que puis-je contre des images ? La jeune morte s'est endormie et je la berce sur ton herbe, le soir en me couchant je vois des choses graves, je ne dors pas, au bout de quelques instants sans sommeil l'image de la jeune fille vient au rendez-vous que je lui ai donné à l'autre extrémité du petit lac, avant la nuit, dans ces roseaux et les taillis où siffle le chant aigu du merle. Jeune fille docile, vite elle se couche, vite nue, vite haletante, c'est là que je l'étrangle avec la cordelette que j'ai roulée dans ma poche. J'ai serré fort. Elle meurt vite. Maintenant je peux l'ouvrir davantage, le corps obéit, je regarde la fente rose qui brille sur le gazon, le doux poil du pubis bouclé à la dernière lumière du soir qui rosit le ventre et le torse lisse. Ou encore, au Vallon, la même jeune fille ne m'a pas entendu descendre au sous-sol, elle range les fruits cueillis ce matin sur les claies en bois de la cave, une sombre cave, Seigneur, Tu le sais, une cave creusée dans la roche et très fraîche, on n'y entend aucun bruit. Jeune fille aux bras nus sous l'unique lampe de la cave, torse qui se penche, qui bouge, elle est contente de me voir entrer, elle le montre, elle sourit, je la presse contre moi, je caresse sa poitrine vivante, tout à coup j'agrippe sa gorge et je serre, elle étouffe, elle se débat, elle halète comme en jouissant l'autre soir, ah tu meurs en moins d'une minute parce que je serre et je suis fort. Va chercher Mme Grivet maintenant, va lui dire que tu m'as séduit pour qu'elle me surprenne et se venge !

— Seigneur j'ai honte de ces horreurs, interviens Seigneur, c'est l'heure du soir en septembre où le monde est le plus beau. Seigneur ne me laisse pas me désaccorder de tes splendeurs. Paysage doré du soir, arbres déjà touchés par la grâce jaune de l'automne, ah Dieu ne me laisse pas salir ta Création par un acte qu'elle refuse. Fais taire le rire derrière le mont, le rire qui envahit, qui noircit l'air, puis qui monte dans mes os comme une douleur que je ne veux pas.

et je sens elle étouffe, elle se demande, elle [illegible] comme ce [illegible] l'autre [illegible] en mort d'une [illegible] parce que je serre et je sens [illegible]. Va chercher, Mme [illegible] maintenant, va lui dire que [illegible] qu'elle ne supprime ce [illegible] !

— Le compagnon fut bon [illegible], [illegible] nous [illegible]. C'est [illegible] du sol de [illegible] où le monde [illegible] plus [illegible] Seigneur ne me laisse pas [illegible] après le [illegible] d'avoir [illegible] cela [illegible] grâce [illegible] de l'[illegible] Dieu ne me laisse [illegible] un acte qu'elle refuse [illegible] être le [illegible] qui [illegible] [illegible] plus [illegible] c'est [illegible] que [illegible] pas.

XII

Retour à l'ordre. Elle est venue au rendez-vous et tout a été idyllique. Il y a une rédemption pour les jeunes filles belles comme des anges. Hier, Seigneur, nous étions le 18 septembre, ta Création brillait sous le ciel où passaient des lueurs de cuivre, des poudroiements, des étincelles que jetaient dans l'air encore chaud les feux du premier automne. Trop de beauté nuit à l'harmonie de l'âme ? Au crépuscule ces clartés se sont éteintes et il n'y a plus eu que les cheveux et le corps de la jeune Lydie pour luire dans l'ombre de la rive. L'extrémité du petit lac, les roseaux, les sombres haies font une cachette assez sûre pour que nous y fussions en toute impunité. « La nuit il n'y a pas un chat », avait dit M. Verdier en me louant l'appartement. Il se trompait, dans notre cachette au bout du lac nous entendions des frôlements, des passages, des bruits de bêtes, chats sauvages, renards, peut-être un blaireau, et toujours le cri de la chouette qui lie les vivants et les morts. Pas une seule fois Lydie ne s'en est inquiétée.

La jeune fille s'est très tôt déshabillée sans que je le lui demande ou l'aide, elle m'a pris une main qu'elle serre entre ses jambes, elle guide ma tête et ma bouche sur sa poitrine et veut que je lui morde les seins, le ventre, elle s'ouvre, guide encore ma tête, longtemps se tord sous ma langue en criant. Je me relève, je me penche sur sa figure et je suis presque horrifié de la grimace que lui impose le plaisir. Visage déformé, crispé, bouche ouverte, souffle court, langue pointée sous la plainte, en même temps quelque chose d'un rire venu des profondeurs comme une terrible soûlerie pour elle seule. Et moi toujours penché sur ce corps en sueur, toujours le pressant, le fouillant : pourquoi ai-je besoin de tels gestes ? Pourquoi ai-je besoin de ce corps ? Corps qui crie, qui se tord, qui se ferme et s'ouvre sur ses larmes, son suc, son odeur, toute la rumeur mouvementée et saccadée de cette ivresse.

Pour un retour à l'ordre, c'est réussi. Et le questionnement qui insiste, quelle folie me fait complice de ce langage sale, sale moi-même, et vorace de ces cris et contorsions de la Beauté, quelle faim me courbe sur ce souffle, sur cette odeur, ce secret étrangement exhalé dans la glaire, le bruit, l'extase vide ? Seigneur où sont les ailes de tes anges, la musique des trompettes célestes et des hautbois accordés à la joie d'amour ?

Tout à coup elle s'est retournée comme le serpent, s'est plaquée, lovée sur moi, je la sentais nouer et dérouler ses anneaux sur mon corps étendu et soulevé. Stupéfiante fraîcheur sèche du serpent alliée au souffle de la bête à quatre pattes, à seins, à salive, là elle m'a pris dans sa bouche, elle a pressé, je me suis déversé sous une langue puissante, des dents douces.

Qu'aurais-tu dit de ces vanités, Canisia, toi qui me donnais ton corps jusqu'aux jours de ton agonie ? Les aurais-tu admises comme par le passé parmi les cadeaux du Ciel à la pauvre chair périssable ? Tu étais pleine de compassion pour ces fureurs. *Nobis quoque peccatoribus*, pitié de nous pauvres pécheurs. Combien de feux as-tu apaisés, sainte Canisia, dans tes ruelles de la Sarine, tes dispensaires, tes hospices de nuit. Sexe de Dieu ou sexe du diable, comme écrivait *La Liberté* de

Fribourg en faisant semblant de s'interroger après tes scandales de la Basse Ville.

Nouvelle image : sans me forcer, je peux voir l'armée déguenillée des malheureux, tous ceux qui ont eu ton corps, se dresser et marcher contre Satan, le surprendre derrière sa colline noire et le mettre à mort sans jugement. Lynché, Satan ! Sainte Canisia, quand Lydie m'a pris dans sa bouche, j'ai pensé à Dieu et à toi. En jouissant j'ai dit Dieu et j'ai dit Canisia. Ensuite il y a eu un moment d'oubli, j'ai dû m'endormir dans les bras de la jeune fille, au réveil il faisait froid, je l'ai caressée encore dans les roseaux et les feuilles, je me souviens que la tendresse me submergeait, et l'amour. Encore plus tard nous sommes rentrés au Vallon sans rencontrer ni réveiller âme qui vive dans la maison, la lampe de Mme Grivet était éteinte et le vieux Verdier qui se couche tôt dormait depuis plusieurs heures.

Aveuglement du désir et du plaisir ! Cette nuit-là, au retour de notre escapade voluptueuse dans l'ombre proche, je ressens une espèce de reconnaissance pour cette gamine qui m'a donné ce temps de répit, comme une trêve dans ma fringale de corps offerts et suants d'images troubles.

Je ne vais pas tarder à être tiré de ma distraction. Car au moment où nous allons nous quitter, Lydie et moi, dans une dernière étreinte brève avant de regagner chacun notre étage, elle approche sa bouche de mon oreille et presque en chuchotant, elle dit ces mots terribles : « Maintenant je peux te l'avouer. Je suis la fille de Mme Grivet. Tu m'as bien compris. Je suis sa fille. Et la nièce de la sainte. Le même sang ! Aloysia Pia Canisia Piller... Décidément tu es voué à notre famille. »

Là-dessus la jeune fille s'éclipse, me laissant seul devant mon appartement où je finis par me coucher sans pouvoir dormir. De mon lit, la fenêtre est ouverte sur la nuit, je vois la colline au-dessus du petit lac que je devine dans la déclivité, et derrière la masse plombée de la pente, jusqu'à l'aube, j'entends sourdre le mauvais rire du Personnage qui désorganise et disperse tous les bonheurs de ma vie.

XIII

Je regrette de n'être pas Dieu pour m'introduire en chaque personne au Vallon et lui dicter une conduite enfin nettoyée du mal. Je sais qu'à n'être pas Dieu je deviens fou. Tous les jours, un peu plus nets, je repère les signes de ma colère à toutes sortes d'indices de moi aussi visibles qu'une écriture, hiéroglyphes, griffures, traces, sur ma conscience en ruine ; de fureur mal contenue, de méchanceté et de mépris du destin de l'autre où je dois reconnaître le progrès de Satan. Ce n'est pas Lydie que je dois tuer c'est Marie Grivet, me dis-je plusieurs fois le matin en rêvassant, c'est elle dont vient tout le mal. Si j'étais Dieu c'est Marie Grivet que je liquiderais et le monde serait à nouveau clair et pur. Puis le brouillard de mon crâne se dissipe comme fera l'air après cette exécution tant souhaitée, et je réfléchis sur le meilleur moyen d'éliminer la coupable.

Et j'y viens, j'y arrive à petits pas comme doit procéder l'entendement du juste en une matière si perverse, car un autre projet s'insinue et prend forme dans mon esprit où je reconnais maintenant, mais il est déjà trop tard, l'industrie de l'autre camp. Du camp noir. « Même sang », a ri Lydie, et l'évidence enfin éclate devant mes yeux. Même sang la fille, même sang la mère, il faudra donc que je les tue toutes les deux pour obéir à l'ordre de Dieu, retrouver l'ascèse heureuse, vivre à nouveau dans la règle du souvenir de l'unique sainte à aimer. La seule compatissante, la joyeuse, l'exclusive

Canisia Piller à qui mon âme est vouée et non à ses affreuses parentes, sœur, nièce, – ton sang dévoyé, Canisia ! – qui usurpent et salissent ta place.

Les tuer les deux. Merci mon Dieu. Merci d'éclairer mon cœur et de fortifier en moi une décision dont je n'ai plus qu'à affûter la parfaite exécution. Puisque Tu le veux de moi. Puisque Ton règne sera plus beau, Ta gloire pleine, à l'heure où tout sera accompli.

XIV

Il y a derrière la maison une petite porte jamais fermée à clef, elle permet de gagner sans être vu l'étage où logent Mme Grivet et sa fille. Je sais que les deux femmes dorment dans la même chambre depuis quelque temps, sans doute pour comploter plus aisément contre moi.

Cette petite porte est cachée par des planches dans une sorte de couloir formé par des débarras, panneaux de bois, cartons, bidons de peinture, qui conduit à une porcherie presque désaffectée puisqu'il ne s'y trouve plus qu'un seul animal, un très gros porc nommé Charly, adulé de Lydie et par elle seule nourri, gavé, choyé, souvent tendrement brossé et promené à la laisse. Elle l'a reçu pour ses douze ans, tous les autres porcs ont été mangés depuis le temps, mais Charly demeure et trottine, l'œil bleu, les cils blancs au soleil, la peau rose clair qui brille quand la jeune fille l'exhibe, lui parle avec gentillesse, avant de le remettre au trou.

Je ne sais pas pourquoi, ce vendredi après-midi, tout à coup, j'ai décidé que c'était le moment. J'avais remarqué dès mon arrivée plusieurs bidons d'essence que M. Verdier gardait en réserve dans son garage ; à toutes fins utiles j'en avais caché un derrière la maison parmi les planches, les cartons et autres débarras du couloir, et je me félicitai de ma prévoyance : m'assurer de ce bidon d'essence, ainsi que d'une petite boîte d'allumettes à l'étiquette de la Cathédrale, dernier souvenir de mon heureuse vie à Fribourg. Puis attendre la nuit, que tout le monde dorme dans la maison, c'était de bonne guerre et très simple. Si simple même que je décidai, dans mon esprit à la fois très calme et surchauffé par l'action proche, de compliquer agréablement la chose en m'accordant, une dernière fois, les cris et les râles de Lydie.

Il n'est pas difficile de la dénicher au Vallon. Justement elle traverse la cour, je l'aperçois de ma fenêtre, elle m'a vu, me fait signe et se glisse jusque chez moi. « Que voulez-vous de moi », dit-elle, et déjà elle ouvre les jambes sur les accoudoirs du fauteuil où je l'ai fait prendre place. « Tais-toi. Reste ouverte. Je veux te regarder. » Elle obéit et tout de suite je vois trembler son ventre tendu. Elle a fermé les yeux, la tête renversée, la gorge nue, elle halète et gémit à mi-voix en pleine lumière. C'est le moment de m'agenouiller entre ses cuisses et de respirer l'odeur. Puis je fais aller ma langue dans le creux des lèvres. Lydie geint, crie par saccades, je me relève et elle m'aspire dans sa bouche chaude. Voilà. C'est fini. Sortez Mademoiselle Lydie et allez rejoindre votre mère en enfer. Sortez Lydie. Mais tandis que vous vous rhabillez avec les gestes lents et abandonnés qu'elles ont toutes après le plaisir, souffrez que je vous regarde encore et m'enchante de la perfection de votre beauté. Hanches si étroites et tournant sur le seul bassin rond, seins petits à la pointe encore rougie de la morsure, tache du pubis sur le ventre énervé. Souverain Bien. Image tangible et précaire de la forme parfaite à ce monde.

Aussitôt, à la stupeur d'admiration qui me saisissait, je compris ce que ma propre vie pouvait avoir d'inexistant. Devant cette fille parfaite je n'étais rien, rien que mon indigence, un creux misérable, un vide béant et tout à coup, comme la fille reculait devant mon visage décomposé, Dieu violemment entra dans ce vide et m'envahit avec une effrayante autorité.

Chez tout autre être cette découverte aurait eu pour effet de réveiller sa pitié, au moins de le contraindre à reconnaître sa petitesse en toute erreur et humilité. Au contraire en moi l'orgueil dansa : « Plein de Dieu, je suis Dieu. » Ainsi l'inexistence à l'instant se mua en délire, et le délire en folie. Oui j'étais fou lorsque Lydie referma la porte sur son beau corps. Fou lorsque je me retrouvai seul chez moi, debout, sale de mon sperme et de la salive de la petite, encore plus sale de me prendre pour Dieu parce qu'Il avait feint de remplir à ras bord, quelques pauvres instants, mon insondable vanité.

XV

Que fait un fou qui erre par les champs et les ronces à la fin du jour à chaque pas plus difficile, même s'il ne sent pas la douleur du sol dur et des épines, il s'emmure dans sa folie. S'exalte et se targue de sa folie. Danse d'orgueil. Dans sa tête, dans le recul de sa tête il y a l'Autre, dans tout son corps il y a Dieu et c'est la guerre dans le fou, il y a moi, je décide. Au terme Dieu gagne. J'ai raison et je décide. J'ai même le sentiment enivrant de n'avoir jamais rien prévu, toute ma vie paresseuse et aimantée par la force ou la beauté d'autrui, de si organisé et inéluctable.

Les préparatifs sont au point. Je n'ai qu'à attendre la nuit, les premières heures passeront pendant que je marche, puis ce sera l'heure du sommeil dans la maison du Vallon. Tout le monde descend dans l'oubli ! Dormez mes petits oiseaux chéris, dormez, quelqu'un veille et veut votre bien. Les dames d'abord, même sang oblige, même sang donne droit à la première allumette. J'ai la petite boîte dans ma poche avec sa si jolie étiquette *Fribourg sa cathédrale ses vitraux*. Puis l'ample Verdier. Le gros Verdier, le bras long, l'oreille longue, toi tu n'as rien fait idiot, mais il faut que tu te consumes avec les deux corps glorieux puisque tu es le maître des lieux. Les deux beaux corps... Je t'en donnerai du même sang, petite délurée. Et toi la sœur, toi la mère, tu auras le temps de réfléchir, là où je vais t'expédier, sur les liens de parenté entre les mortels et les saints. Les liens du sang !

Tout à l'heure il n'y aura rien d'autre à faire que de déplacer deux planches dans le couloir derrière la maison, dégager le bidon d'essence que j'y ai caché, le porter à l'étage puis là, sans que les élus se réveillent, le répandre sur leur seuil et y jeter la bonne allumette. Ensuite je redescendrai l'escalier en courant et j'irai me poster dans la cour pour voir griller les condamnés.

Ainsi est la récompense du fou plein de Dieu. Il regarde le travail de la journée et il se réjouit avec les justes. Maintenant je suis apaisé. Je suis heureux. Je suis avec Dieu. Je rôde autour de la maison dans les herbes piquantes et la nuit me couvre de tendresse fraîche comme un lait. Pour la première fois depuis plusieurs heures, je me souviens de Canisia aux jours de sa mort et une étrange électricité me parcourt avec la certitude du rachat. Abbesse Canisia priez pour moi et pour nous autres pauvres pécheurs aujourd'hui et à l'heure de notre mort.

L'histoire ne dit pas si la sainte intercéderait pour un dément, ou le pousserait au mal, l'adouberait pour mieux le sauver par la suite. On peut imaginer que son cœur transpercé verse des larmes de sanglante souffrance au spectacle de qui va par le poil roux d'une fille et fait sa route avec les flammes. Et qui est ce sire ? Son ancien compagnon de confession ? *Per culpam cognovi agnum tuum*, j'ai reconnu ton petit agneau même dans l'erreur. Je grimace de tristesse au souvenir de nos deux visages dans Fribourg. Je me couvre de rides en me souvenant de la fête-Dieu, toi et ta troupe allant par les rues brillantes de fleurs et de feuilles bénéfiquement cueillies pour le Seigneur. Mon front rougit quand je me rappelle nos mains unies, notre pas accordé sur les places où nous avions le même regard. Le langage des saints et des pervers est pareil. Ils disent les mêmes extases célestes et abominables, leur mémoire est illuminée de scènes voluptueuses, d'images coupables où leur passion exulte encore de ce qu'ils ne peuvent communiquer qu'en termes pires ou extrêmes. Ainsi de leurs gestes, de leur conduite. Les actions d'un saint, l'acte du damné, descente, montée par le surplomb. Ouvre-moi l'abîme, Seigneur, que je m'y précipite contre ta Loi ! Ecarte les lèvres de Ton immense bouche, Seigneur, que je m'y jette en m'injuriant d'être Toi.

XVI

Je me dirigeai vers la maison la tête haute, quoique silencieusement, aucune fierté ne dressant mon âme à ce moment-là de mon crime. Je trouvai le bidon d'essence à sa place et l'emportai. Un silence vertigineux agrandissait la vaste demeure, la creusant, l'approfondissant, la faisant tout à coup immense et impossible à traverser. Je montai l'escalier sans aucun bruit, m'arrêtant à chaque marche pour écouter : rien ne bougeait, ne vibrait dans la demi-obscurité de la rampe, la nuit de septembre ajoutant sa luminescence à l'étrange agrandissement de la scène. Un instant, un craquement me fit croire qu'on se réveillait à l'étage. Je m'étais immobilisé, prêt à détaler à l'alerte, ce n'est rien, me dis-je, que le bois de la charpente qui travaille, ou une souris, oui une souris, ou un loir, ou moi qui confonds le rêve et la lucidité héroïque. Et à nouveau le silence, en moi le recueillement du devoir à accomplir. Quelque chose aussi comme le respect d'une mission, qui donnait à cette montée vers l'acte une vertu nécessaire qui me plaisait.

Voilà. J'étais arrivé sur le seuil des deux goules. Je savais la porte de leur appartement toujours ouverte, on ne fermait que celle d'en bas, sur le perron et la cour, je n'eus qu'à tourner la poignée et à la pousser pour qu'elle s'entrebâillât. Silence. Nuit. Je dévissai le bouchon du bidon et répandis doucement l'essence qui se mit à couler du seuil sur le plancher dans l'ombre tiède du vestibule. Puis je pris la boîte d'allumettes dans ma poche, en l'ouvrant je devinai la Cathédrale sur l'étiquette, et le souvenir de la chapelle du Sépulcre à l'entrée de l'église me revint avec une netteté violente, la force abyssale du tombeau veillé par l'ange et les trois femmes, l'obscurité nocturne du vitrail de Manessier bleu et violet comme la tristesse, où seule une barre orangée annonce à ceux qui n'en savent encore rien l'aube de Pâques ; cette odeur aussi de crypte, ou de cave où traînait le relent des cierges anciens et des larmes mêlée maintenant à l'odeur de l'essence que je venais de verser. Ah j'avais accompagné Canisia si souvent dans cette chapelle, au temps heureux où nous venions voir le cadavre du Christ pour mieux le retrouver vivant. Précision dure de la mémoire. Nuit de la mort, vitrail violet, barre du matin rose orangé dont le monde ignore encore qu'il prédit la résurrection. Nuit du regret et de l'absence où rien n'est encore possible dans l'épais avenir.

J'ouvris la petite boîte, craquai une allumette et la jetai dans la nappe d'essence. Le feu éclata comme une détonation.

XVII

Me jeter presque halluciné dans l'escalier, courir, sortir. Derrière moi le tonnerre du feu, un ahurissant bruit de chocs, de craquements, d'effondrements, en bas des marches trouver la porte, jaillir hors du chaos dans la cour illuminée déjà de mouvant rouge.

Fumée et gaz giclent à l'étage, maintenant le toit prend, cède et tombe par larges morceaux dans les flammes entre les poutres. Tout s'est passé à une merveilleuse rapidité. A ma stupeur pas une plainte humaine, ils ont été tous trois saisis par les gaz et asphyxiés dans leur sommeil, les deux femmes et le gros Verdier, maintenant ils se consument, ils doivent être carbonisés, noirs dans leurs draps brûlés, maintenant aussi des gens surgissent, des voisins, des curieux à peine vêtus en pleine nuit, j'entends des voix, des interjections, des questions, les pompiers vont arriver, quelqu'un a téléphoné, ils auront de la peine à lutter, il y a un autre feu à Chexbres.

Non pas d'autre feu. Ici, le feu. C'est ici que la pure flamme frappe et tue, tonne, détruit, laisse les coupables en cendres. Je suis debout dans les éclairs illuminants de l'incendie que j'ai allumé, je rêve sur la ruine des corps, l'envol des âmes enfin libérées de leur chair sale. Un verset de mon enfance me fait soudain rire : *Per ignem eamus ad pacem.* Gagnons la paix par le feu. Ma paix, Seigneur, ou celle de nos victimes en poussière ? Tu es dans mon geste et je suis en Toi. Que fais-Tu de nos proies après leur immolation ?

Tu les conduis par les verts pâturages. Seigneur je n'ai jamais vu d'aussi hautes flammes. Elles touchent Ton ciel. Une espèce de vaste chapeau rose, immatériel, couleur de printemps et de mort, coiffe l'air tout autour des vestiges rougeoyants de la charpente, restes du toit, dentelle de braises, la petite assemblée pétrifiée s'est resserrée au fond de la cour, on entend pleurer, parler des voix rauques de peur, hurler une femme sur la petite route. Je me souviens du récitatif à la Cathédrale avec Canisia et sa troupe, *et toujours ton témoin sera attentif,* oui il faudra être prudent à l'enquête, indifférent et vigilant aux questions de la police, répéter que je suis au Vallon pour oublier, ne pas me préoccuper de la figure inquiète et sévère des gens, ni de leurs reproches, ni de leurs menaces, ni de leurs pleurs comme maintenant qui montent de la cour, ni de mes affaires certainement consumées dans mon appartement, mes livres, mes papiers, tout doit être abîmé et inutilisable, j'avais tout laissé sur ma table, pauvre saint Thomas, pauvres cahiers, pauvres témoins de ma précarité. Que fait-on quand on se retrouve au désert sans rien, sans objets, sans plus aucun songe de possession terrestre, sans vêtements, sans image pour l'imagination ou projet de vie pour un autre avenir, on regarde Dieu jusqu'à s'anéantir en Lui, on disparaît de sa propre forme et substance et matérialité pour se confondre absolument en Lui. Je viens, cellule où je passerai le reste de mes jours avec la seule Canisia ! J'accours, sublime désert de mon âme ! Ah j'entends de nouveaux cris, Charly, Charly, ah oui, Charly, j'ai oublié d'ouvrir la prison de Charly car tout à coup quelqu'un crie : « Au secours, venez vite, il y a un cochon qui brûle. »

XVIII

L'épilogue de mon histoire est bien simple et assez sage. Après tant de bruit et de mouvement, moi qui suis d'un naturel raisonnable, au terme de la garde à vue et d'une mise en examen qui n'avait pas manqué de couronner mon *acte de foi*, j'ai été plusieurs semaines questionné et retourné sur le gril par trois médecins distingués, puis par le juge d'instruction, et sur leur avis placé en cellule psychiatrique au pénitencier de Bellechasse. Voilà le travail. On accomplit pour Dieu une grande œuvre, un bon débarras, un grand tableau, la gigantesque mise en scène d'un brasier cent fois plus beau et utile que toutes les images de feu ou de flammes jamais représentées en peinture ou ailleurs, et on se retrouve entre quatre murs, nourri et scruté à travers un guichet, jour et nuit, par des infirmiers dont le vrai métier serait de fabriquer du fromage et de traire les vaches et les génisses d'un chalet de la haute Gruyère. En fait de traite, de fromage ou de génisses au pis soyeux, il y a ici une bonne sœur pas trop sotte, assez jolie sous le voile, qui a eu pitié de moi dès le premier dimanche et m'a prêté son livre de messe pour l'heure de l'office télévisé en fin de matinée. C'est le seul moment de toute la semaine où j'ai le droit de sortir de ma cellule.

Donc le dimanche, à dix heures quinze, je vais prendre place avec les autres fous dans la cafétéria du grand hall, sous la surveillance de deux gardiens-fromagers, à vrai dire nous ne sommes pas nombreux, à peine une dizaine de malades, beaucoup de pensionnaires refusant le contact avec la religion, la prière, la confession, les visites de l'aumônier, ils injurient Dieu, le Christ, l'Eglise, et bavent des saletés sur la Vierge. Ils ne savent pas ce qu'ils font. Ils ignorent que je suis un grand nettoyeur. Bon débarras ! Eux se contentent de crier et de salir. C'est assez drôle ces blasphèmes, les regards de ceux qui les profèrent, j'essaie de me souvenir des athées que j'ai rencontrés, de leur discours verrouillé, au moins les fous hurlent devant Dieu, éructent, tremblent d'une passion renversée qui les crucifie à leur peur.

Le reste du temps je m'exerce à ne rien faire ni rien attendre, ce qui exige de moi une concentration aiguë, joueuse, laquelle mobilise toutes les forces du sujet. Au bout de quelques heures le jeu prend le dessus, la concentration s'est relâchée et l'être entier, le corps, l'esprit, jouit de l'allégement ainsi gagné comme d'une première lévitation. Je suis ici et dans l'au-delà. Je suis couché sur mon lit et je ne pèse rien, je n'ai plus de corps, plus aucun des ennuis attachés au destin d'avoir un corps, je n'ai plus de peine dans l'esprit, ni de remords, ni de regret, ni même de pensée finie et si longtemps grevée de sa fatalité d'imperfection. Je suis déjà ma propre âme qui voit, qui vit, qui se déplace dans l'infini et demeure enfin immobile.

Me croira-t-on si je dis avec bonheur, puisque mon vœu de silence et de légèreté me délivrait du regret dans cet état désertique, que j'avais aussi le privilège de recevoir en cadeau ce que je nommais pour moi seul le sentiment de Canisia. Car c'est dans la cellule des fous, à Bellechasse, que j'avais le plus intensément accès à elle, sainte Aloysia Pia Canisia Piller, à son cœur ouvert, à sa rayonnante chaleur fraîche. Je ne m'étais jamais retrouvé en elle comme dans ces murs étroits et nus, et je comprenais mieux les visions des moines et leur prière ininterrompue qui les fond en Dieu, en Christ, dans le cœur même de la Vierge ou le corps du saint, qu'ils nomment d'une bouche où ne remuent même pas les lèvres. La prière n'étant plus pour eux un appel, mais l'ouverture de tout l'être, telle que je m'y exerçais modestement, à la présence de l'amour. Les saints des monastères à leurs saints, et moi dans ma cellule d'infamie à la sainte de chair et d'âme qui m'avait fait boire et manger, loin de Satan et de ses œuvres, le pain et les fontaines du Ciel.

XIX

L'incendie du Vallon n'était pas éteint que j'étais dénoncé, cela ne fait aucun doute, mais j'étais prêt à remercier le mouchard de m'avoir fait extraire du monde mauvais par l'effet de cet enfermement providentiel.

Il y avait eu beaucoup de monde, dans la cour du Vallon, à regarder le travail des flammes. Mon dénonciateur avait dû noter l'extase où j'étais plongé. Grâces lui soient rendues. Mais de toute façon, seul rescapé des habitants de la maison, j'étais le premier suspect auquel la police se fût intéressée. Là encore, la Providence veillait et sa bonté ne m'abandonnait pas dans ma nouvelle circonstance. Exercices de lévitation réussis, sommeil, la messe télévisée le dimanche, et je devinais que mon bon ange ne s'en tenait pas là puisqu'il avait recommandé à la sœur Saint-Bruno, l'infirmière qui me prêtait son livre, de m'accompagner dans les quelques sorties qui me furent accordées dès la fin de l'hiver. « Un incendiaire, souriait le médecin chef comme s'il cherchait une nouvelle piste, peut-être pour tenter de m'aider. Un acte de foi ? continuait-il. Vous savez bien que vous avez rêvé. Il n'y a jamais eu de feu. Encore moins de morts. Dans votre tête... Monsieur d'Avry, vous êtes innocent comme l'agneau qui vient de naître. Faites-nous confiance. Nous nous occupons de vous. » Ou était-ce mon comportement jugé exemplaire par le directeur, qui me valut dès le mois de mars un traitement moins rigoureux ? On aimerait penser ironiquement que l'ange gardien inspirât les gardiens de la forteresse. L'incendie du Vallon avait eu lieu en septembre et garde à vue, mise en examen, diagnostic des médecins : j'étais cloîtré depuis six mois, dont cinq dans la cellule du bloc PSY. J'appréciai de retrouver l'usage de mes jambes sur quelques chemins de traverse, de mes poumons dans l'air des prairies, de mes yeux jusqu'aux alpes qui étincelaient dans l'air brillant. Mes yeux qui se posaient aussi sur mon accompagnatrice, la noiraude montagnarde sœur Saint-Bruno, au parler affectueux et lent comme son regard et ses mains lisses dont elle pressait volontiers les miennes lorsque nous faisions halte sur un banc pour regarder innocemment le paysage. Mais est-on jamais innocent devant des vals ombreux, des abrupts tendres, des gorges pleines de vapeur à l'horizon proche, qui vous remuent et fendent l'âme comme les images d'un corps aimé ?

— Vous avez connu Canisia, me questionne sœur Saint-Bruno. Parlez-moi d'elle. J'ai rêvé si souvent de l'imiter et de la suivre.

— Mais vous étiez trop jeune alors. Sur votre montagne, ou novice...

— J'ai failli me faire excloîtrer pour en avoir parlé aux autres sœurs. Je gardais mon amour en moi. Oui, mon amour. Et l'admiration, une espèce de tendresse filiale, j'étais terriblement seule au couvent.

— C'était aussi le sien, ce couvent...

— Son souvenir n'y était pas bon. Les plus anciennes religieuses se fermaient si je les interrogeais sur Canisia. Puis la mère supérieure m'a convoquée et m'a interdit de m'intéresser à cette... Piller. Sous peine d'être écartée définitivement de la communauté.

— Et plus tard à Fribourg, les premiers mois de votre travail ?

— Elle avait laissé peu de souvenir

dans les services de l'Hôpital, il y a un tel va-et-vient de stagiaires, d'internes, d'infirmiers du tiers-monde. Mais les malades âgés, les pauvres diables, eux se souvenaient. Et ils en parlaient avec ferveur, révérence, et des larmes... Comme d'une sainte. Comme d'une mère vénérée et très belle, et lumineuse, qui avait changé leur vie tout le temps qu'elle était parmi eux.

Ainsi allaient nos promenades, et le soir il fallait rentrer à la prison dans sa campagne. Trois grands bâtiments paysans et austères, mi-prison, mi-forteresse, ma cellule du bloc psychiatrique donne sur les jardins à l'est. Sœur Saint-Bruno refermait ma porte au verrou sur un long regard et une question.

— La prochaine fois vous me parlerez encore de Canisia ?

— Je vous le promets.

C'est justement au cours d'une nouvelle promenade à la lisière de la forêt de Sugiez, où d'autres fous et quelques taulards bûcheronnaient bruyamment sous la surveillance de trois gardiens, que la sœur questionna encore, le souffle accéléré, le teint soudain pâle d'anxiété.

— Vous avez été son amant, n'est-ce pas ? Je le sais et je ne parviens pas à m'en persuader. Faire l'amour avec une sainte. Est-ce que vous...

J'avais coupé son impatience.

— J'ai aimé Canisia Piller. Elle est même la seule femme que j'ai aimée de toute ma vie.

Derrière nous criaient les fous dans l'enchevêtrement du bois et des herbes sèches de l'hiver. La sœur Saint-Bruno s'était approchée, son beau visage reflétant une intensité d'émotion qui me serrait le cœur.

— Si je vous embrasse, dit-elle d'une voix presque solennelle, je cueillerai sur vous un peu d'elle.

Et avec une rapidité surprenante pour une fille de Dieu, dont le voile se secoua dans son geste vif, elle colla son visage au mien et j'eus sa langue brûlante dans ma bouche.

Derrière nous, dans l'entrelacs des troncs noirs et des branches, les taulards et les fous criaient dans l'ombre et se jetaient des insultes. Et cette rumeur envahissait comme le cri des rabatteurs de Satan dans la contrée.

XX

Il existe à Sugiez, dans la commune campagnarde où a été construit le pénitencier de Bellechasse en 1898, un petit hôtel retiré qui porte en grandes lettres un nom que j'aime bien : *Hôtel de l'Ours*. Un ours hirsute aux dents jaunes orne l'enseigne. De petits rideaux ouvragés cachent les fenêtres du rez-de-chaussée. Au lieu de rentrer à la prison, Satan nous conseillant à voix presque inaudible mais tenace dans mes oreilles, nous poussâmes la porte de l'Hôtel de l'Ours et nous installâmes à une table de la salle à boire, non sans que la sœur Saint-Bruno eût retiré son voile sur le seuil de l'établissement et l'eût plié rapidement dans sa sacoche de cuir. Ainsi nous avions l'air de deux touristes et nous obtînmes aisément de louer l'une des chambres à l'étage pour la nuit. La sœur avait ses papiers, et subtilisé les miens au bureau de la prison. Les formalités furent vite réglées et après un bon repas de lard et de haricots, au dessert un gâteau au miel, nous gagnâmes la chambre boisée où nous allions nous retrouver seuls. Plût au Ciel que nous n'eussions jamais perçu la voix du camp qui ne cède jamais !

Il y avait quelque chose d'horrible dans notre erreur.

Le viol et la dépravation de l'habit saint.

La souillure de l'état monastique.

L'insulte à l'Eglise, *corps du Christ*, en la personne d'une de ses moniales, donc injure à l'Esprit, passible de la damnation éternelle selon les Pères.

Suis-je fou ? Cela me vaudrait des

circonstances atténuantes jusque dans l'au-delà. Mais je sais trop que je dispose de toute ma tête, et de ce que j'ose encore appeler mon esprit. Ce qui aggrave ma faute, au regard de la loi céleste cette fois, d'un pénible poids de mépris et de transgression des choses sacrées.

Toute la nuit je pillai le corps de mon aimée. Elle pilla le mien. Son corps à elle révélait sans cesse de nouveaux replis, plages lisses, creux, lieux gorgés de l'odeur première. Elle haletait de bonheur dans l'ombre. Elle reparlait de Canisia, me questionnant à nouveau, il est vrai aussi qu'une exaltation la prenait, à découvrir sur moi les traces, comme des stigmates, disait-elle, que j'eusse portés sans le savoir et qu'elle avait à révérer, elle, la petite religieuse inconnue, sur le corps qu'une sainte avait aimé.

— Tu avais quarante-six ans à sa

mort, en 2003, tu en as un peu plus de quarante-huit. Moi j'ai trente ans. Compte avec moi. Si nous restons ensemble nous pouvons vivre quarante ans sans nous quitter. Quand tu auras quatre-vingt-huit ans j'en aurai juste soixante-dix. Un bon âge pour apprendre la sagesse.

Aujourd'hui que la pauvre petite est morte, ses restes enterrés au cimetière Saint-Léonard de Fribourg, je me souviens de ces calculs avec une crispation du cœur qui me navre. Je me dis aussi que ces rêveries, comme cette étrange nuit à l'Ours, et notre fuite avant l'aube dans la Clio que la sœur Saint-Bruno avait dissimulée dans un chemin de la forêt du domaine, à quelques centaines de mètres de la route cantonale, pour nous permettre une disparition rapide et bien protégée par les arbres, je me dis que tout cela a quelque chose d'irréel, de puéril, qui s'est à peine posé comme une buée sur ma mémoire. Et qui pourrait s'évaporer à tout moment, vapeur, traits légers, agréables, il faut que je fasse un effort léger aussi pour recomposer ces heures prêtes à s'effacer de ma mémoire. Comme si c'était elle, la petite sœur Saint-Bruno, qui avait emporté la vraie version, la version pesante, coupable, dans sa tombe du cimetière Saint-Léonard.

XXI

Morte à trente ans. « Que faisait-elle à cette heure-là sur cette route ? » demandaient les gens. « Et avec ce type du bloc, l'illuminé, l'incendiaire, celui qui se dit l'aimé de Dieu. » « Service commandé », répondait imperturbable le directeur de la prison. Ce qui mettait un terme sans retour à toute enquête infamante.

Ce que je sauve de ma mémoire, très tôt avant l'aube, elle avait voulu que nous quittions l'hôtel et regagnions le pénitencier par les chemins qui nous étaient familiers. Pas âme qui vive à cette heure par les campagnes encore pleines d'ombre. Froid glacial venu des collines et des bois. Silence percé d'aucun cri d'oiseau. Il fait nuit sur la campagne vallonnée, puis les murs de Bellechasse se devinent dans la lumière qui devient grise, nous obliquons par la sapinière, une forêt de hêtres, la petite auto est garée le long d'une haie. Elle démarre, nous filons à toute vitesse sur la route de Morat. Soudain je ne sais plus où nous allons. Là encore, là déjà, une bouffée de vapeur embue toute volonté comme elle embue le souvenir.

« Tu avais au moins quinze ans de moins que Canisia », me dit-elle en haussant la voix pour couvrir le bruit du moteur, « tu vois, avec ma différence d'âge, j'ai rétabli l'équilibre. »

XXII

Ce sont les derniers mots, absurdes, cruels, que je me rappelle de la sœur Saint-Bruno. A peine les a-t-elle dits, je le sais, un choc violent écrase notre voiture, la comprime effroyablement, la renverse sur le flanc et la traîne sur cinquante mètres. La conductrice a été éjectée à la première secousse, je m'extrais de la tôle en ruine, de la cabine du gros camion de laiterie qui nous a percuté sort un chauffeur hébété. Il se met à courir dans ma direction. D'une main tremblante il désigne un amas de chair sur la route : le corps de la sœur Saint-Bruno, disloqué, béant, les os brisés bien visibles dans la lumière maintenant blanchâtre de l'aube. Puis l'homme sautille, grotesque, jusqu'au talus, et vomit dans le caniveau.

— Que faisiez-vous à six heures du matin sur cette route, et ce qui est plus grave, dans la voiture de service d'une infirmière de l'institution ?

— J'avais décidé de m'évader, elle m'a rattrapé, pour finir elle m'a persuadé de rentrer avec elle sans histoire.

Les enquêteurs me pressent encore.

— Et vous n'aviez pas de complice ?

— Je suis toujours seul.

— La sœur conduisait trop vite ?

— Je ne sais pas. Je suis distrait si je ne suis pas au volant.

— Vous lui aviez confié votre projet d'évasion ?

— Nous parlions de Dieu. Et de quelques témoins dont Dieu a encore besoin sur cette terre.

— Il est fou. Vous voyez bien qu'il est fou. Encore Dieu. Et les témoins. Et lui, bien sûr, que Dieu veut comme représentant...

Tout cela n'est rien, vingt ans, trente ans, et j'ai tout le regret pour moi. Souvent je revois les os de la sœur Saint-Bruno qui sortent de son corps broyé et luisent aux premières minutes de l'aube. Ses pauvres restes ont été inhumés au cimetière Saint-Léonard dans la plaine de Fribourg, il y avait une discrète assistance autour de la tombe le jour de l'enterrement, par un privilège extrême le directeur m'avait pris dans sa voiture pour l'accompagner à la cérémonie, « c'est bien pour éviter le scandale au couvent de la Maigrauge, répétait-il, nous ferons comme si sa conduite avait été normale ». Quelques personnes de la famille, mère en larmes, père cassé, des gens modestes, et une délégation de Bellechasse.

Le prêtre avait parlé de don de soi, de sacrifice, le directeur s'essuyait les yeux, l'assemblée pleurait. Un vent frais soufflait sur le cimetière quand on l'a descendue dans sa fosse. Petite croix de sapin, trois bouquets, la terre qui tombe sur l'étroite bière, l'assistance se disperse au vent des collines.

Avoir gravi plusieurs degrés de la foi et se faire écraser par un camion des sociétés de laiterie Crémo !

« Elle est morte en Christ, avait dit l'officiant de la chapelle. Morte en Christ et en service commandé, et dans l'accomplissement de son vœu. Bienheureuse qui donne sa vie avant le matin, à la première heure d'une journée où elle accomplira son travail de chaque jour. »

Je rêve et je réfléchis sans me presser dans mes quatre murs. Mon erreur à chaque instant, comme une passion de la faute. Et Canisia, le mystère des cœurs et des corps, le temps précaire d'une vie entre le rien d'avant naître et tout l'espace de la mort. Et l'inutilité de la moindre action dans ce monde désert. Et la vanité du désir. Et l'horreur du désir s'il ne trouve pas son pauvre objet. Et la tristesse des jugements d'un homme aberré d'orgueil. Le feu inique. Les hontes de la séduction. Seras-tu sauvé, ou ta figure triste ne mérite-t-elle pas même le songe du rachat ? Je rêve sur mon indigence, façon d'occuper le temps dans ma fidèle cellule. Guérite dans le camp de Satan. Ah ce sont elles qui ont la meilleure part, Canisia et la petite sœur au voile. Bienheureuses, oui, celles qui donnent leur vie avant le matin. Et déjà dans le morne enfer, celui qui reste seul avec la certitude que son âme est morte.

Il y avait une fois un enfant qui ne savait pas qu'il allait vers la fêlure et la haine. Un enfant voué à aimer la sainteté. Un enfant déjà qui aimait Dieu. Quand j'étais petit enfant j'apprenais à nommer le monde, les noms étaient accordés à ce qu'ils disaient. Les ailes des oiseaux brillaient de fraîcheur et de l'intensité d'être nommés. Les êtres étaient si parfaits, et j'avais une telle envie de les aimer dans leur nom ! Puis je fus dans la colère et l'abandon. Canisia rétablit l'accord. Sa mort fit durer l'improvisation céleste et ses échos dans ma tête délaissée. Puis je devins fou. Je perdis les noms. Une razzia s'imposait, d'orgueil, de nettoyage, de destruction des mauvaises preuves. Mais c'est la chance de la folie d'errer entre sépulcre et ciel, rien n'est impossible à celui qui croit, surtout s'il remet sa folie en Dieu. Par l'effet d'une intervention officielle où je reconnus encore une fois la main de la Providence, ma peine de Bellechasse fut commuée en travaux d'intérêt public et je quittai définitivement ma cellule après trois ans de bloc PSY.

Les toits de Fribourg, du haut de la

route des Alpes, luisaient à la lumière printanière, le jour de mai où je fus libéré. Il était encore très tôt, dans le froid de l'aube, cette heure avant le matin où tout l'être allégé, appelé, ivre de sa vigueur de source, veut voler sans frein vers le vrai espace. La tour de la Cathédrale se dressait comme au temps de saint Thomas devant les falaises, en face de moi le couvent de la Maigrauge était aspiré dans la pente fraîche et tout en bas, dans un tourbillonnement rapide et vert, la Sarine traversait le paysage en jetant son éclat haut dans l'air. Un moment les cloches des églises s'étaient mises à sonner sur la ville, inondant l'air, l'espace, vibrant en moi, le ciel rond et clair retentissait jusqu'aux demeures des anges. Et moi, il ne faudrait pas beaucoup plus que cette lumière matinale et ces musiques, ces sonneries de cloches dans mon dur cœur pour qu'au lieu du verrou, ou de la table rase de la mort, je renaisse encore une fois et monte au ciel comme on disait que font les morts, quand j'étais petit enfant, par les sapins, les rochers, les bulles des orages et les nuages et les trous d'air, quand Christ vient les chercher pour les juger et les asseoir à côté de Dieu.

Jacques Chessex
dans Le Livre de Poche

L'Économie du ciel n° 30694

« Je suis figé au bord de la route, mon père s'est arrêté lui aussi, maintenant il vient sur moi, il me saisit durement par le bras, le chapeau est baissé sur les yeux, sur les lunettes, le col du manteau relevé, mon père est pâle, les yeux bleus terriblement brillent. Il me tient toujours par le bras, il regarde autour de lui, devant, derrière. – Il n'y a personne – dit sa voix que je reconnais mal. – Personne. Et toi tu ne m'as pas vu. Souviens-toi. Toi tu ne m'as pas vu à ce moment et sur ce chemin. – Il m'a lâché, il ne me regarde pas, déjà il marche à grands pas, le chapeau enfoncé, le col haut, sur la route où il n'y a personne. » L'enfant de huit ans auquel son père a demandé de se taire se confesse enfin. Cet enfant s'appelle Jacques Chessex.

L'Éternel sentit une odeur agréable n° 31081

« Les essences d'espèces rares et d'espèces communes, je les aurai cherchées dans le sexe des filles, et les autres traces, signatures, preuves, sentiers de l'odeur dans l'autre odeur, urines évaporées ou tièdes, lieux louches, lits à sueurs et autres restes de haltes amoureuses, passages solitaires, de brûlure, d'écume, de jubilation stupéfaite. » Ainsi parle Jules-Henri Mangin, se remémorant sa vie entière à traquer les odeurs de femmes, et surtout un certain été de 1960. Un été jurassien, sec, enflammé, jaune. Cet orphelin tranquille sert la messe et aide à la mise en scène d'une pièce de Roger Vailland. Entre le garçon qu'obsèdent les odeurs du vice et le libertin au regard froid, se noue une amitié faite d'initiation progressive au plaisir. Le petit amateur de théâtre ne sera plus jamais le même. Jusqu'au scandale qui éclabousse le bourg…

Monsieur n° 30448

« Il y a un goût du secret, du caché, de l'interdit, qui m'est venu très tôt avec la détestation de ma condition d'enfant et la rumination de quelques jouissances. Qu'est-ce que je cherchais dans le noir, coincé sous cette carcasse de gamine qui tremble nerveusement et qui m'écrase ? Je m'en souviens : je cherche mon bien. J'avais huit ans, je ne l'oublie pas ! Mais je me rappelle ces moments avec une précision d'autant plus exacte qu'elle est le miroir de ce que je suis aujourd'hui. C'est la première fois qu'on s'oublie sur moi. » L'autobiographie inattendue de Jacques Chessex ? Dans le clair-obscur du temps et de la mémoire, certaines scènes frappent, cinglent, retiennent. Une jeune fille battue au fouet à chien. La peau interdite et offerte d'une femme dans l'église de Fribourg. L'odeur de l'encens froid. Une mère aux yeux bleus qui ne pardonne pas. Une lettre à ses propres fils où il leur demande le jour venu de l'aider à mourir. Chessex dit la vérité. Il dit parfois l'innommable. Il dit le trouble du passé. Il n'a pas peur d'être si magnifiquement impudique.

Sosie d'un saint n° 30232

Un homme dont la haine envers la femme qui l'aime ne cesse de croître ; une inconnue qui s'efforce de séduire un jeune pasteur, dans le seul but de lui faire découvrir les mortifications qu'elle s'inflige ; un écrivain dont le sosie hante les rues de la ville, abordant les femmes et quittant les restaurants sans payer… Tels sont quelques-uns des personnages dont Jacques Chessex entreprend ici de nous faire découvrir les secrets troublants, parfois terribles. Depuis trente ans, l'auteur de *L'Ogre* (prix Goncourt 1973) et de *Judas le transparent* bâtit une des œuvres les plus singulières de ce temps, rigoureuse dans sa forme, hantée par les thèmes de la sexualité, du salut, du péché, de la mort. Il en concentre ici toutes les perspectives, avec une souveraine maîtrise de son art.

Les Têtes n° 31188

Ce ne sont pas exactement des *Portraits*, mais des visages taillés, comme issus des cavernes du fond des âges, que Jacques Chessex nous donne ici à toucher. Il y en a de célèbres. Voici un François Nourissier en « jeune chien cruel », un Robbe-Grillet en « tête à fraise au lieu de l'écharpe de laine rouge », un hibou Jean Paulhan, un « légat de César » nommé Yves Berger, le profil sarrasin de Maurice Chappaz, ou le stendhalien Jérôme Garcin, pour ne citer qu'eux. Il y en a d'anonymes : têtes recuites par la mémoire, surgies de la nuit du passé ou de la lumière du jour. Il y a celle de l'auteur aussi, qui s'observe singulièrement. Entre une série d'eaux-fortes et la chirurgie des chairs, à la manière du peintre Giacometti, entre l'exercice d'admiration et le croquis du physionomiste, Jacques Chessex invente ici, non sans humour, un genre nouveau : la galerie de têtes.

Le Vampire de Ropraz n° 31080

En 1903 à Ropraz, dans le Haut-Jorat vaudois, la fille du juge de paix meurt à vingt ans d'une méningite. Un matin, on trouve le cercueil ouvert, le corps de la virginale Rosa profané, ses membres en partie dévorés. Stupéfaction des villages alentour, retour des superstitions, hantise du vampirisme. Puis, à Carrouge et à Ferlens, deux autres profanations sont commises. Le nommé Favez, un garçon de ferme, est le coupable idéal. Condamné, emprisonné et soumis à la psychiatrie, on perd sa trace en 1915. À partir d'un fait réel, Jacques Chessex donne ici le roman de la fascination meurtrière. Qui mieux que lui pouvait dire la « crasse primitive », les fantasmes des notables et la mauvaise conscience d'une époque ?

Du même auteur

AUX ÉDITIONS GRASSET :

Carabas, récit, 1971.
L'Ogre, roman, Prix Goncourt 1973 (Les Cahiers Rouges).
L'Ardent Royaume, roman, 1975 (Le Livre de Poche).
Le Séjour des morts, nouvelles, 1977.
Les Yeux jaunes, roman, 1979 (Le Livre de Poche).
Où vont mourir les oiseaux, nouvelles, 1980.
Judas le transparent, roman, 1982 (Le Livre de Poche).
Le Calviniste, poèmes, 1983.
Jonas, roman, 1987 (Le Livre de Poche).
Comme l'os, poèmes, 1988.
Morgane madrigal, roman, 1990 (Le Livre de Poche).
Flaubert ou le désert en abîme, essai, 1991.
La Trinité, roman, 1992 (Le Livre de Poche).
Le Rêve de Voltaire, récit, 1995 (Le Livre de Poche).
La Mort d'un juste, roman, 1996.
L'Imitation, roman, 1998 (Le Livre de Poche).
Incarnata, récit, 1999.
Sosie d'un saint, nouvelles, 2000 (Le Livre de Poche).
Monsieur, 2001 (Le Livre de Poche).
Le Désir de la neige, poèmes, 2002.

Les Têtes, 2003 (Le Livre de Poche).
L'Économie du ciel, roman, 2003 (Le Livre de Poche).
L'Éternel sentit une odeur agréable, roman, 2004 (Le Livre de Poche).
Le Désir de Dieu, essai, 2005.
Allegria, poèmes, 2005.
Avant le matin, roman, 2006.
Le Vampire de Ropraz, roman, 2007 (Le Livre de Poche).
Pardon Mère, récit, 2008.
Revanche des purs, poèmes, 2008.
Un Juif pour l'exemple, roman, 2009.

CHEZ D'AUTRES ÉDITEURS

La Tête ouverte, Gallimard, 1962.
Charles-Albert Cingria, « Poètes d'aujourd'hui », Seghers, 1967.
Entretiens avec Jérôme Garcin, La Différence, 1979.
La muerte y la nada, avec Antonio Saura, Pierre Canova, 1990.
L'Imparfait, Bernard Campiche, 1996.
Bazaine, Skira, 1996.
La Confession du pasteur Burg, nouv. édition, Christian Bourgois, 1997.
Poésie, I, II, III, Bernard Campiche, 1997.
Figures de la métamorphose, La Bibliothèque des arts, 1999.

Le Dernier des monstres (Saura), Cuadernos del Hocinoco, Cuenca, 2000.

Notes sur Saura, Cuadernos del Hocinoco, 2001.

De l'encre et du papier, La Bibliothèque des arts, 2001.

Une chouette vue à l'aube, avec Pietro Sarto, Chabloz, 2001.

Transcendance et transgression, La Bibliothèque des arts, 2002.

Les Dangers de Jean Lecoultre, Cuadernos del Hocinoco, 2002.

Pietro Sarto, Chabloz, 2003.

L'Adoration, avec Pietro Sarto, Chabloz, 2004.

Douze poèmes pour un cochon, avec Jean Lecoultre, Chabloz, 2004.

Thomas Fougeirol, Operae, 2004.

Javier Pagola, Cuadernos del Hocinoco, 2004.

Écrits sur Ramuz, L'Aire bleue, 2005.

Ce que je dois à Fribourg, Bibliothèque Cantonale et Universitaire, Fribourg, 2005.

Dans la peinture de Sarto, Chabloz et Atelier de Saint-Prex, 2008.

Le simple préserve l'énigme, Gallimard, 2008.

Composition réalisée par Chesteroc Ltd.

Achevé d'imprimer en janvier 2010, en Espagne par
LITOGRAFIA ROSÈS
Gava (08850)
Dépôt légal 1re publication : janvier 2010
Édition 02: janvier 2010
LIBRAIRIE GÉNÉRALE FRANÇAISE – 31, rue de Fleurus – 75278 Paris Cedex 06

31/1961/7